# 君たちが生き延びるために
## 高校生との22の対話

天童荒太
Tendo Arata

★——ちくまプリマー新書
416

# 目次 ＊ Contents

イラスト●クラフト・エヴィング商會

この先
どんな世界
どんな世の中になっても
若い人たちに
きっと生き延びてほしいと思っています
よい出会いや
運に恵まれるために
できるだけ長く

# はじめに　人生は長くするもの？

落ち込んでいたり、悩んでいたり、遊んでいたり、のんびりしていたりしている…若い人に、大人が口にします。

「そんなにくよくよしないで、またいいことがあるよ。人生は長いんだから」

「しっかり勉強して、将来困らないように準備しておかないと。人生は長いんだよ」

意図としては、当人を思っての優しい言葉であり、正論に感じます。

でも、本当に人生は長いでしょうか。

日々のニュースでは、決してそうとは言えない事件や事故の情報が流れていますし、わたしの親族や近しい友人の中にも、決して長命と言えない人が複数います。

長く生きることができた人は、確かに「人生は長い」と言えるでしょうが、誰にでも長い人生が約束されているわけではありません。

人生は長いのではなく、長くするもの、と、わたしは思っています。

自分の人生を、「幸せだ」「充実している」「大変だけど楽しい」など、肯定的な言葉で表現できるようになるには、よい出会いと、運に恵まれることが大切です。

そして、よい出会いと、運に恵まれるには、当たり前ですが、生きている時間が長いほど、そのチャンスが増えます。

*

この本では、若い人たちに向けて、生き延びるために必要なヒントを、お伝えしたいと思っています。

執筆に際して、元となるメッセージと講演動画があります。

母校の高校が、創立百二十周年を迎えるにあたり、わたしに講演を依頼されました。人前で話すことは苦手なので、講演は原則お断りしています。今回は、同級生だった友人が仲立ちになったため、断りきれずに、お引き受けしました。

ところが、新型コロナ・ウイルスの蔓延(まんえん)により、講演は一年延期となり、卒業していく三年生は、翌年の話が聴けなくなるため、当時の校長先生が、何かメッセージを送ってもらえたら、と申し出られました。

ですので、やや長いメッセージを送ったところ、生徒さん全員が読まれたらしく、その後、多くの生徒さんが感想を寄せてくれました。

そうした形の返事があるなんて、思ってもみなかっただけでなく、生徒さんたちそれぞれが、わたしの言葉を心の深いところで受け止め、感受性豊かに想いをつづられていることに感動し、何度も読み返しました。

*

翌年、講演会を、県内の大きなホールを借りて行う、という計画を聞きました。

できるだけ多くの生徒さんに、舞台に上がってもらいたくて、各クラス二名ずつ、同じ壇上で質問をしてもらい、わたしがその場で答える、という形式を提案しました。

生徒さんたちは、各学年・各クラスで一つの質問を考え、互いに重ならないように調整されていました。

ところが一時期収まっていた新型コロナ・ウイルスの感染状況が次第に悪化し、大勢の人を前にしての講演会は中止せざるを得なくなりました。

代わりに、生徒さんたちが質問する様子を母校で撮影し、わたしがその質問に答える姿を東京で撮影して、質問と答えが交互となるよう編集した上で、全校生徒に視聴してもらう形となりました。

その変則的な講演を視聴された生徒さんたちから、また多くのすばらしい感想が寄せられました。教職員の方々からも同様に、気持ちのこもった感想をいただきました。

その中に、母校の生徒だけでなく、より多くの若い人たちに聞かせてあげてほしい、という言葉がありました。

加えて、メッセージと、高校生たちとのQ&Aを、文字におこした記念誌を読んだ母校のOB・OGたちからも、もっと多くの若い人たち、そしてその保護者たちに、読んでもらえるようにしてもらえないか、という声をいただきました。

＊

こうした話を、拙著『包帯クラブ　ルック・アット・ミー！』の版元である筑摩書房に伝え、相談したところ、ちくまプリマー新書で出版してくれることになりました。

その際、全国の若い人々に向けてアップデートする方向で、加筆修正することにしました。

さらに、時間が限られた講演会では話しきれなかったことや、犯罪被害のリスクを避ける具体的な方法など、生き延びていくためには大切だと思えることを、大幅に書き起こしました。

以上が、この本の成立の経緯です。

ですから構成としては、若い人に向けたメッセージ、高校生とのQ＆A、あらためて皆さんに伝えたいメッセージ、という順番になっています。

堅苦しく語るつもりはありません。Q＆Aも、気になるところから読んでもらえば、と思います。

読んでくださった人たちの心の視野が広がり、そんな考え方もあるのかと、楽な気持ちになったり…現在や将来への不安が小さくなったり…これから生きていく日々が楽しみになったりしたなら…これにまさる喜びはありません。

第一部

*

# 若い人へのメッセージ

人間を特別な存在として
考えるのは
発達した脳のおどり
生命を構成しているのは
ほかの生き物と同じ
一つ一つの細胞です

# メッセージⅠ

若い人たちへ、人生の先輩としてメッセージを送る、というのは、お引き受けしたけれど、考えるほど、難しいなぁ、と感じています。

そうしたメッセージは、たくさん存在していますし、わざわざ時間を作って読んでもらうほどのことを語れるだろうか、と気おくれします。

高校生だった頃の自分を、思い出してみました。大人たちのどんな話を聞いていただろう。いえ、どんな話なら聞いてみたかっただろう、かと。

いまの自分の根っこの部分は、すでに高校生の頃にでき上がっていた、と思います。

以後、数十年の経験を重ね、たくさん傷つき、たくさん恥もかいて、それなりに分別もつき、生きてゆく知恵も身につけてきたけれど……ものの考え方や感じ方、どんなことにより重い価値を置くのかという価値観は、高校生当時からさほど変化していません。

社会にすれていない分、大人の欺瞞(ぎまん)や不正、世界の不条理な出来事に対して、まっとうな怒りを抱き、大人たちの物言いには、厳しい批評眼を持っていたと思います。

高校生の頃の自分が、人の言葉に対して、一番厳しかったかもしれません。

だから、あの頃の自分に受け入れられるような話をしようと思いました。

## ともかくまず生き延びよう

伝えたいことを、三つにしぼりました。

前提として、皆さんに、大げさな言葉を使いますが、できるだけ長く生き延びてほしいと思っています。「生存」という言葉を使ってもいい。これから、さらに大きな変化が予想される世界において、できるだけ長く「生存」してほしいのです。

もしかしたら夢の叶え方とか、夢のために今後何をなすべきか、といった内容を期待されていたかもしれません。

けれど、夢を叶えるには、当たり前ですが、まず生きていなければなりません。

そして、夢が叶うという点については、個人の努力以上に、「運」というものが、大きな役割を果たすということを、わたしは人生から学びました。

大学時代に、演劇のサークルを立ち上げ、一緒に活動した親友たちを、三人亡くしています。

一人は、わたしが作・演出を担当した舞台の主演俳優で、二十代の若さで亡くなりました。テレビのディレクターをしており、将来は一緒に映画を作る夢を語っていたのですが、過労が原因と思われる突然死でした。

二人目は、やはりわたしの作・演出の舞台の主演俳優です。とてもセンスのある知的な青年でした。テレビ局のアナウンサーになり、オリンピックをはじめスポーツ中継を任されることが多く、一般の視聴者が、ああ彼か……と、きっと目にしたことのある看板アナウンサーになりました。重要なポストに就き、これからさらに活躍が期待されていたとき、がんで亡くなりました。

三人目は、舞台の音効スタッフをしたり、アドバイザーを務めてくれたりなど、わたしの精神的な支えであった友人でした。大学教授となり、野球部の部長として教え子たちを神宮球場の全国大会に連れて行くなどしていましたが、これからというとき、やはりがんで亡くなりました。

わたしは、あきらめずに努力し続ければ、夢はきっと叶う、という言葉を、若い頃から信じていませんでした。

それは、夢が叶った、とても幸運な人が、口にする言葉だったからです。

夢を叶えるために努力をしたくても、努力することさえあきらめざるを得ない境遇に置かれた人は、実際には数多くいます。

家庭環境や経済的な問題がネックになる人、思わぬ事故にあう人、難しい病気にかかった人、地震や水害など災害に見舞われた人、いままさにコロナ禍で競技大会が中止になるなど、活躍する機会そのものを奪われた人もいます。

わたしが作家になり、皆さんに言葉を伝えられる立場にいる、ということにおいて、わたし自身の努力や才能といったものの影響は、わたしが恵まれた「運」と、人との「出会い」より大きくはありません。

ですから、皆さんに、よりよい「運」と、素敵な「出会い」に恵まれる可能性を広げるためにも、できるだけ長く生き延びてほしいのです。

## からだの内側の細胞を意識しよう

そのために、まず一つ目です。

人間は、細胞によって構成されているシンプルな生き物だと、意識してください。

わたしたちは、脳がほかの生き物に比べて格段に発達し、心というものも持ったので、無意識のうちにも、ほかの生き物よりすぐれた、特別な存在のように感じています。

けれど、わたしたちの生命を構成しているものは、ほかの生き物たちと変わらない、一つ一つの細胞です。

心とは、実は脳の働きです。

脳の細胞一つ一つの働きがつながり合うことで、勉学やスポーツ活動における成果も、音楽や絵などの文化活動における能力も、日々の悩みや不安も、恋のときめきや友情の喜びも、生み出されています。

ですから、からだと心を作っている細胞一つ一つを、十分に力を発揮できる状態にすることが、あなたの能力や魅力をアップさせ、望みを叶える道につながってゆきます。

植物は、太陽の光と水を得て、また夜は休息して十分に呼吸し、土に含まれる栄養で満たされれば、つやつやとした美しい花を咲かせたり、豊かな実をつけたりします。

人のからだを構成している細胞も同じです。

太陽の光を浴び、清浄な水とバランスのとれた食事を摂り、十分な休息を持てば、各細胞が活性化して、生命力はアップし、外見も内面も美しくなり、ここ一番で力が発揮でき、長く健康でもいられる。

わたしは、小説の取材で、複数の医療従事者や、生物学者の方と、お話しする機会があり、多くのことを学びました。

たとえば、がん細胞というのは、ウイルスのように外部から侵入する異物ではなく、わたしたちのからだを構成している細胞が、肉体的または精神的なストレスによって、あるいは細胞が分裂して増えてゆくときのミスによって、悪性の細胞に変化したものです。

人の体内では、つねに悪性の細胞が生まれているそうです。それらを攻撃して、消滅させるのが、やはり人の体内にある免疫系の細胞です。免疫系の細胞が、適切に働くことで、人は健康でいられます。

ただ、免疫系の細胞にも弱点があります。睡眠不足やバランスの悪い食事の摂取といった肉体的な、また精神的なストレスです。

勉強や部活での成果、人間関係や健康面で、うまくいってないなぁ、と感じることがあれば――睡眠は十分かどうか、お菓子や甘味料の入った飲料水やファーストフードなどで空腹を満たしていないか……つまり、自分の細胞を傷つけるようなことをしていないか、ちゃんと活性化できているかどうか、検証してみてください。

また、家族や友人や知り合いに、ため息が最近多いな、ちょっと無理して頑張り過ぎだな、と思える人がいたら――しっかり休むように言ってあげてください。

検査による病気の早期発見が大切だと言われます。でも、早期発見よりもっと大切なのは、はなから病気にならないことです。

自分の細胞一つ一つの健康を意識し、免疫細胞も元気にしておくように努めること。

これは、新型コロナ・ウイルスなどの、外部のウイルスに対しても、有効な対処法です。

人生は決して長いわけではありません。長くするものなのです。

ルック・アット・ミー
という言葉を
心に刻んで

私を見て　私のことを気にかけて
と求める権利は
誰にもあります

## （メッセージⅡ）

### 好かれる患者と嫌われる患者

二つ目です。

先にも述べましたが、小説の取材で、複数の医療従事者にお会いしました。また、医療関係の文献も数多く読みました。なかで、強く印象に残った話があります。がんなど重い病気の入院患者さんには、大別して二つのタイプがあるそうです。

Aさんは、礼儀正しい、こまやかな気づかいのできる人です。医師や看護師はもちろん、同室の患者にも、丁寧にあいさつし、ねぎらいの言葉をかけてくれる。医師の診療や指示には素直に従い、勝手な判断を口にすることもない。看護師が忙しくしているときは、ケアの順番をゆずったり、あなたたちも休まなきゃと、いたわってくれたりします。なので、医師や看護師のあいだで、Aさんはとても評判がいい。Aさんみたいな患者さんばかりだったら、もっと充実した医療やケアができるのに、なんて言葉も出るほどです。

一方、Bさん。つねに口うるさく、あいさつより先に、ちょっと胃がもたれる、頭がなんとなく痛い、背中がかゆい、足をさすって、なんて言ってくる。医師の診断や指示にも、納得がいかないと質問を繰り返し、逆に勝手な要望まで持ち出す。早朝だろうが深夜だろうが、気になることがあればナースコールを押して、看護師を呼ぶ。なので、医師や看護師のあいだで、評判はあまりよくない。Bさんみたいな患者ばかりだったら、うちはみんな倒れてしまう、なんて言葉も出るほどです。

そして、この二人のうち、病気がよくなって、退院していく確率が高いのは……圧倒的にBさんのタイプだそうです。

どこかが少しでも痛い時、なんとなくおかしいと感じる時、辛抱して、黙っていてはだめ、と、この話を紹介してくれた医療関係者は口をそろえます。

嫌われるかもしれない、困らせるかもしれない、などと考える必要はなく、どんどん自分のリクエストを口にして、伝えてほしい、と。

医師や看護師たちが最もつらいのは、当の患者さんの病気が悪化してから、「本当は痛かった。ずっと違和感があった。でも皆さんを困らせたくなくて、言えなかった」と打ち明けられることです。どうして伝えてくれなかったのか、と、悔やむことです。

わたしは、『ルック・アット・ミー』という言葉を、皆さんの心の中に刻んでほしいと思います。「私を見てください、私のことを気にかけてください」という意味です。人は誰もが、『ルック・アット・ミー』と求める権利があります。

他人のことを気づかうな、と言いたいわけではありません。優先順位の問題です。あなたが「痛い」思いをしているなら、他人を気づかって辛抱するより、まず「痛い」と訴えてください。「つらい」思いをしているなら、空気を読んで黙っているのではなく、「私には、それはつらいです」と口に出してください。

その権利が、あなたたちにはあるのです。

皆さんは、今後社会に出ていけば、さまざまなハラスメントや、いやな目にあう可能性が増えます。

相手の言葉や行動が、あなたに「痛い」「つらい」なら、「痛いからやめて」「つらいから止めて」と、相手に、あるいは周囲に伝える権利が、あなた方にはあります。

医療関係者に限らず、教員や、警察の人や、行政にたずさわっている人たちなど、仕事をしている人たちも、実際は一般の家庭人です。

仕事が終われば、保育園に子どもを迎えにいかなければいけないかもしれない。難しい年ごろの受験生が待っているかもしれない。介護が必要な、年老いた親族がいるかもしれない。誰もがそれなりに事情を抱えているものです。

それでも「痛いです」「つらいです」と訴える患者や生徒、市民がいれば、基本的に誠実に対応しようとするでしょう。

それが職業人＝プロとしての誇りであり、人としての義務だからです。

けれど患者Aさんのように、周囲が気づいてくれるのをじっと待って、痛いとも苦しいとも訴えないのなら、「あの人は平気なんだな、つらくないんだな」と思って、用事が待つ家に急ぐことも仕方がないと、理解できるでしょう。

あなたが、「私を見てください、気にかけてください」と訴えることは、結果として対応する相手を、「何かできたかもしれないのに」という後悔から、救うことにもなります。

また、悲しみや苦しみに対応する方法を、社会が学んでいく機会にもなるでしょう。あなた自身の、ほかの人が発するSOSを聞き取る能力も、アップする可能性があります。

## 誰もが持つ「ルック・アット・ミー」の権利

加えて、あなた方の『ルック・アット・ミー』という権利を意識してほしいことに、社会参加があります。

皆さんの中には、すでに選挙権を得ている人がいるでしょう。いまは得ていなくても、じきに全員が選挙権を得ます。

現在、国政選挙の平均的な投票率は、五〇%程度でしょう（地方選挙の場合、三〇%台、ときには二〇%台ということさえあります）。

仮に投票率が五〇％とすれば、計算上、全有権者の二六％の票を得た人・政党が、住民一〇〇％が納めた税金の使い道を決定でき、住民全員が従うべき法律を作れます。有権者全体の四分の一を少しでも上回れば、国民全体の総意、ということになってしまうわけです。

皆さんは、それを納得されますか？　心から受け入れることができるでしょうか。世界全体のデータは知りませんが、先進国内ではかなり低い数値です。

これは、教育の問題が大きく影響していると思います。

少なくともわたしは、小中高から大学を通じて、現実の社会における政治の仕組み、選挙の実態について、踏み込んで教えられた経験はありません。

皆さんも、たぶん同じだろうと思います。

学級委員や生徒会役員の選出で、選挙の練習をしていると考える向きもあるでしょうが、校内の人気者を選ぶことと、現実社会での投票は異なります。そのため、いまも多くの人が、選挙を、いわば人気投票のようにとらえている気がしてなりません。

テレビで見たことがある人だから、面白そうだから投票しようとか…全然見たことがないから入れないとか…どの人も見たことがないので、わからない…と棄権する。

現実社会の選挙における投票とは、あなたの暮らしが楽でないとき…生きづらさを感じているとき…また将来が不安なときに…政治をつかさどる人たちに向けて、『ルック・アット・ミー』と訴えることのできる、最も有効な機会です。

「私たちのことを気にかけてください」と伝える、大切な権利の行使です。

政治家とは、あなた方が働いたり買い物をしたりして納めた税金の使い道を、何にするか、どこにするかを、あなた方を代表して、議会で話し合い、決める人たちです。

また、あなた方が暮らしていく社会で、何が許され、何が許されないかという法律や条例を、同じくあなた方の代表として、議会で話し合って、決める人たちです。

（もしも、当選した議員の数が多い政党が、議会を通さず、その数の力で、税金の使い道を勝手に決めたり、法律や条例を勝手に作ったりすることが許されると、民主主義の原則が崩れ、大きな問題となります。）

## 「ルック・アット・ミー」で世界は変わる

たとえば、政治家のもとには、大企業や、大勢の人が加入している団体（言い換えると、意見がほぼ統一されている有権者が、たくさんいる組織や団体です）が、『ルック・アット・ミー』（私たちのことを気にかけてください）と、直接お願いに行きます。つまり、自分たちの企業や、団体の利益になるように、税金を使ってください、我々に都合のいい法律を新たに作ってください、と求めるわけです（その代わりに、あなたやあなたの政党に投票しますから、と約束を交わすわけです）。

でも、多くの市民は、政治家のところへ直接お願いにはなかなか行けません。

だから、選挙における投票があるのです。

政治家にとっても、ふだん直接会えない市民の声を聞き届ける機会が、選挙です。投票後のデータに、政治家はよく気を配るそうです。現在、無党派層という、どこの政党に投票するか決めていない有権者が、最も多くなっています。

ですから、投票行動をする市民が、どういった人たちであり、何を求めているのかを知ることは、政治家にとって大切な務めであり、それを怠っていると、次の選挙で落選する恐れがあるのです。

先にお話しした、患者Aさん、患者Bさんのことを思い出してください。

政治家の人たちも、Bさんのように、自分の願いを何度も訴えてくる人たちの求めには、できるだけ応じようとします。それが務めですし、選挙に受かりたい、悪い評判を立てられたくない、という思いもあるでしょう。

けれどAさんのように、黙っている人、つまり投票に行かない、棄権をする人のことは、「いまのままで問題ないんだな」と思われて、スルーされる可能性が高くなります。

よく「選挙に行っても、何も変わらないから」と口にする人がいます。政治家によっては、「何も変えなくていいよ、いまのままでいいから」と聞こえるかもしれません。

税金も、物価も、法律も、教育や子育ての問題も、政治家とコネのある企業への優先的な税金の使い方も、すべて「何も変えなくていい」と、受け止められかねないのです。

データによって投票した人たちは、高齢者が多く、十代や二十代や三十代の多くは棄権しているとわかれば、政治家としては当然、高齢者に向けた税金の使い方、法律の対応を考えるでしょう。そして若い世代のことは、（何もしなくても…たとえ負担を少し重くしても…自分たちと逆の立場の政治家や政党に投票することはないだろうから）ひとまず考えなくてもよさそうだと、後回しにされる可能性がますます高まります。

あなたの選挙区の候補者・政党が、若い世代のために税金を使い、若い世代の将来のための法律を作ろうとしている、と思えば、その方に投票をすればいいと思います。

その人・政党が当選したとき、データを見て、「若い人の投票もあって、当選したんだな」と分かれば、今後も若い世代のことをちゃんと考えよう、ということになる。

逆に、ある候補者・政党が、若い世代のために税金を使おうとしていない。それどころか、若い世代に借金を押しつけようとしている。将来が不安な若い世代のために、安定につながる法律を作る考えもなさそうだ、と思ったら、別の考えを表明している候補者・政党への投票を考えてはどうでしょう。

たとえ、あなたの投票した候補者・政党が落選しても……当選した政治家・政党は、データを確認して、次の選挙に対する危機感を抱くでしょう。

今後はもっと若い世代のことを考えていかないと、次は危い、と政策を考え直してもらうきっかけになる可能性があります。

あなた方一人一人が、その声を、社会に、世界に、聞き届けてもらう権利を持っています。

自分のからだや脳の細胞の活性化を意識しながら生活し…無理をしている家族や友人がいたら、しっかり休むように伝え…入院しているおじいちゃんおばあちゃんがいたら、「つらいときはつらいって、お医者さんや看護師さんにちゃんと伝えてね」と勧め…選挙のときには、自分たちのことを気にかけてもらおう、『ルック・アット・ミー』だよと、友だちと話し合い、投票所へ誘い合ってみてください。

皆さんが望んでいるのは
幸せになりたい
ということでしょう

実は
皆さんはもう
本当の幸せを知っています

# メッセージⅢ

## 幸せが何か　わからない人に

最後に三つ目を、短く。

皆さんが本当に望んでいることは、何ですか。

志望校に受かること。高収入あるいは安定した収入を得られる社会人になること。医療従事者や教育者、お菓子や料理の専門家、プロスポーツ選手、ＩＴ関連の仕事、アイドルや歌手、芸人や俳優・声優、ユーチューバー、芸術や文化方面などで有名人になりたい人。また結婚して、家庭を持ちたいと願っている人もいるでしょう。

究極には、一つにしぼられると思います。「幸せになりたい」。

世界中の人が「幸せになりたい」と願っています。そして「幸せ」とは何かがわからなくて、多くの人が迷い、試行錯誤し、ときに失敗をしています。

わたしは高校生の頃、映画監督になりたいと夢見ていました。

そのための努力も同時に始めていました。なれるかどうかはわからないけれど、なれたら「最高に幸せだ」という意識はありました。

結果、映画監督にはなれませんでした。一方で、自分の考えた物語が、映画やドラマになり、映画館のスクリーンやテレビやデバイスの画面に映され、多くの人に見てもらうことはできました。

幸せだね、と言われれば、そうだね、と同意します。

けれど、わたしが本当に幸せを感じたのは、わたしの小説を読んだ人から、「ありがとう」という言葉を、お便りやメール、また直接会って、いただいたときでした。

人生が救われた、生きていてもいいと思えた、という意味で、伝えられた感謝です。

わたしは、これを書きたい、と欲求し、書かないといけない真実がある、と思い込んで、一生懸命書き上げましたが……まさか読者の方々が「ありがとう」と感謝してくださるとは、夢にも思っていませんでした。

あなた方が、いつか、自分の仕事を一生懸命に果たしたあとで、誰かから「ありがとう」と心から言ってもらえることを、強く願っています。

そのとき、「幸せ」というものの意味の一つを、確かに感じ取るはずです。

そして、いま、いろいろな経験を積んだことで理解できた「幸せ」があります。

わたしは、実は中学生、高校生のときに、すでに「幸せ」を経験していたことに、気がつきました。

故郷に帰省したおり、小中高の同級生だった友人たちと集まり、お酒を飲みながら、どーでもいい話をします。心の通い合った友人たちと、たいしたことない話題で笑い合う——そこに、人と共に生き、人と共に歩いてゆく「幸せ」というものが隠れています。

中学生や高校生だった頃、仲間たちと一緒に、ばかなことをしたり、踊ったり歌ったり、笑い合ったりしたこと——「幸せ」はすでにそこにあったのです。

友だちとくっついて、ふざけ合い、恋の話をしたり、将来の話をしたりして、笑い合うこと、悩みを分かち合うこと——それは、この先さほど多く訪れる機会ではありません。

どうか、いまいる友だちとの日々を、ばかな話、恋の話、どーでもいいような話で、埋め尽くしてください。

人と共にいる時間に、たっぷりひたってください。

親や先生に、何をムダなことをしているの、と注意されても、聞き流して、信じられる友との時間を、「幸せ」の時間として、大事にし続けてください。

だって、親や先生たちも、その昔、たっぷりとその「幸せ」な時間を経験しているのです。たっぷり経験しているから、人を好きになるんです。人を信用し、人から信用されるようになって……結婚して家庭を持ったり、子どもたちを相手にする仕事を選んだりしているのです。

みなさんが長く生き延びられることを…「幸せ」の意味を知るときが訪れることを…いまある「幸せ」な時間を大切にされることを…心から願っています。

第二部

＊

# 高校生とのQ＆A

わたしは
えらい人ではありません
変な人です
変な人として
皆さんの質問に
答えます

## 質問にお答えする前に

母校の高校生の皆さんから、さまざまな質問をいただきました。

できるだけ誠実に、できれば楽しく、答えていければと思っています。

その前に一つ、皆さんが誤解していると困るので、それを解いておきます。

わたしのプロフィールはご存じのことと思い、述べますが、わたしがいろいろな賞をもらっていたり、新聞やテレビに出たりすることもあるので、もしかしたら、「えらい人」だと誤解している人がいるかもしれません。

ですが、わたしは「えらい人」ではありません。

わたし個人の価値観による「えらい人」は、農業をなさっている方です。また畜産、漁業を仕事としている方。つまり人間が口にするものを作ったり獲ったりしている人たちです。

人間は、食べて寝て、を繰り返すあいだに、次の世代を育ててゆく、基本的に動植物と同じ生き物です。根幹をなす、食べるにかかわる仕事は最も人にとって貴いものです。次に「えらい人」は、医療関係者でしょう。命を終わらせてしまう危険があったのに、医療によって、もう一度生きる機会をくれるからです。

では、わたしはどういう人かと言うと、「変な人」です。

高校時代に、映画の道に進みたいと思ったわけですが、その時に一番コンプレックスだったのは、自分が「普通の人」だということです。周りのみんなと同じで、ほかの人たちが考えるのと、さほど変わらないことしか考えられない自分がいやでした。

わたしはずっと「変人」になりたかった。

変でしょ?

でも、誰もが考えつくようなアイデアの映画を観たいですか。誰も考えないような変なことを思いつくから、作家になれるのじゃないでしょうか。

家族や家庭環境をはじめ、いろんなことが違っているのに、みんなと同じであることのほうが、本来おかしくないか、と次第に思いはじめました。

みんなと歩調が同じ、みんなと考えが同じ、そのほうが変じゃないか……だったら、みんなと歩調を変えよう。みんなが右を歩くなら、左を歩こう。みんなが正面から物事を見ているなら、裏側に回ってみようと思いました。

わたしの内面は、少しずつ「変な人」へと踏み出しはじめました。

そしていま、「変な人」だからこそ、小説家となって、皆さんの前にいます。

わたしは皆さんの質問に、「変な人」として答えます。

記念の会の講演に呼ばれた理由は、有名人ということもあるでしょうが、普通に生きている人とは違ったものの見方・考え方にふれられる、という期待があるからでしょう。

今回の皆さんの質問の答えに、あえてタイトルをつけるなら、

「生き延びるためのヒント」

とします。これからさらにいろいろな問題が生じて来るだろう、この世界において、普通の人の見方・考え方ではないからこそ、皆さんが生き延びる道を伝えられることもあるだろうと思っています。

# Q1

## 挫折の経験は人を成長させますか？

十代で
大きな挫折を経験するのは
大切って　本当かな？

壁にぶつかった大人の話は
あまり聞かないけど
実際はどうなんだろ

# A1

挫折を甘く見ないこと
心が確実に傷ついているから
壁は　乗り越えるだけでなく
横にかわしてもいい

十代の頃に大きな挫折を経験することは大切ですか、人を成長させますか……という質問をされるというのは、大切だ、成長させる、と、誰かに言われるか、書いてあるのを読まれたか、したのでしょうか。

わたしの意見では、全っ然大切じゃないです。

人としての成長とも、直接は関係ないです。

挫折なんて、しないで済むなら、それに越したことはありません。スイスイ生きていけたら、それが一番です。

ただ、しちゃうんですよ、スイスイ生きていきたいんだけど、味わっちゃうんです、挫折って。

ただ、それが十代前半で来るか、後半で来るか、二十代前半か、半ばでか……というタイミングは、人によって違います。

大切なのは、挫折ではなくて、挫折体験の傷を浅くして、ちゃんと癒して、また歩き始められるようになることです。

古いスポーツ根性物の世界観を持っている人は、「十代で味わう挫折をしっかり受け止めて乗り越えてこそ、大きく成長できる」なんて言いかねませんけど、信じなくていいです。

挫折を、誇大に考える必要はないけれど、甘くも見ないほうがいい。心が確実に傷ついていますから。

心の傷は、からだの傷と同様のケアが必要です。

まず休むこと。自分に優しくしてあげること。友だちも一緒に挫折したなら、互いに優しくし合って、お見舞いを持っていくように、お互いの好きなものをプレゼントしましょう。一人だったら、自分で自分に好きなものをプレゼントしてあげてください。

少しずつ挫折の傷が良くなってきたなと思えるまで、人それぞれで休んでいいんです。

そのあと、ゆっくりまた自分のペースで歩き始めればいいと思います。

壁にはすごくぶつかりました。

壁また壁の連続です。いまもぶつかっています。

皆さんもぶつかると思いますけど、実はこれ、高い目標や、夢を持っているから、壁が出てくるし、目標の高さに合わせて壁も高くなる。だから乗り越えたときの喜びもそのぶん大きい。

ただ、壁は正面からぶつかることや、乗り越えることだけが大切じゃない。横にかわしたっていい。

いままでで一番の壁は、高校生の頃からの夢だった映画の世界に入ってみたら、わたしの望んだ世界ではなかったときです。

かけられる予算の限界。撮影期間や撮影場所の制約。俳優さんのスケジュールの都合。俳優事務所からの、台詞（せりふ）を書き換えて、新人用の役を加えて、などの意向。映画館側からの、上映回数が増えるように、脚本を短くして、という要望など。

さまざまな人の意見や要求、物理的な制約に縛られて、書き上げた脚本は、変更を求められ続け、どんどん面白さが失われてゆく……オリジナル性は削られ、ヒットした先行作品の真似が求められる。一方で、ギャラは高くない上に、支払いは滞る。時間をかけた企画が流れて、ただ働きになることもある。一方で、予算を持ち逃げするプロデューサーもいたりする。

こうした壁を、正面から壊そうとして（当時の映画界を変えようとして）、ぶつかっていっても、きっと壁はびくとも揺るがず、逆にわたしが押しつぶされて、力なく映画界を去って引きこもるか、本意ではない仕事を細々とやるしかなかったと思います。

この壁は越えるに値しない、ぶつかっても意味はない、と見切りをつけ、横にかわしたことで、小説家への道が開けたのです。

皆さんも、壁は横にずれたら、なくなる、ということは頭に入れておいてください。

# Q2

## へこんだ時は
## どうしたらいいですか？

つらい時や苦しい時は
どうしても
下を向いちゃうよね

どうすれば
いつも前向きに生きることが
できるんだろ

# A2

つらい時や苦しい時は
自分に優しくする

大事なのは
逃げたくない場所や人に出会うこと

わたしが鬼のメンタルでも持っているかのような質問ですが、つらい時や苦しい時は、普通に落ち込みます。

中学生、高校生の頃はもちろん、小学生の頃にまでさかのぼって、自分のしでかした失敗とか、恥をかいてしまったことを思い出して、わーっと叫び出したくなったり、あの頃に戻って、やり直したいなぁと、じくじく考えたりする人間です。


つらい時や苦しい時にへこむのは、ごく自然なことです。

挫折の時にも話しましたけど、そういう時は心が傷ついているので、まず休んで、自分に優しくして、傷を癒すことを一番に考えてください。

そうしたおりに「誰だってつらいことや苦しいことはあるんだから、めそめそせず、顔を上げて、しっかりやれ」というようなことを言われたら、言い返すのも無駄なエネルギーを使うだけなので、聞き流しておけばいいです。

捻挫している人に、誰だって捻挫くらいするから、我慢して走れ、って言います？

人は、心の傷にとても無頓着です。根性でなんとかなると思っている人さえいる。また、自分が平気だと、相手も平気だと思ってしまう。

そんなわけないです。傷の受け止め方は、人によってそれぞれ違います。

早く立ち直れる人もいれば、繊細ゆえに、少し時間のかかる人もいる。時間がかかったから、弱いということではない。むろん根性も関係ない。

体質だと言えば、認められるものが、心だと認められないのは不思議です。


そして、もう一つアドバイスですが。

逃げたかったら、逃げてください。

壁のところでも述べましたが、ぶつかりゃいいってものじゃない。かわすのもいいし、逃げるのも全然悪くありません。

わたしは今まで、一度も逃げたことがない、と言える大人に会ったことはありません。

誰もが何度か逃げているものです。

オリパラのメダリストとか学術分野で賞をもらうような人は、逃げずに努力し続けた人だから、メダルや賞をもらえたと思うかもしれません。

ですが、彼女らや彼らは、逃げなかったのではなく、自分の出会った競技や研究分野から、逃げたくなかったんです。

大事なのは、逃げないことではなく、ここからは逃げたくない、と思える場所や人に出会うことです。

逃げたくない、という場所や人に出会うため、逃げることを悪く思わないでいいです。

# Q3

## ぎりぎりだと感じている高校生に伝えたいことは？

学校に通うの
もうしんどいって時がある
自分だけ？

高校時代の
自分に会ったら
いまなんて伝えたいですか？

## A3

好きなことを
ノンブレーキで
追っかけろ
と伝えたい

わたしは、ここまでの人生の中で、中学と高校の頃が、一番つらかったんです。

母校の中学も高校も、校則が厳しかった、ということがあります。

それ以上に、自分の感性や価値観が成長して、学校という秩序と管理を重んじる施設のあり方と合わなくなり、ことに高校では息苦しさや、身もだえしそうなほどの窮屈さを感じていました。

これという理由もなく、学校に来られなくなった生徒が複数、わたしの頃もいたし、いまもいるでしょうけど、すごく共感します。

いまなんとか学校に来られている人たちの中には、ぎりぎりだよ、という人もいるだろうと思います。実際わたしもぎりぎりでした。

でも、卒業したら、すごくラクになります。

なぜなら、逃げられるから。秩序も管理も自分でコントロールできるから。

つらい日々を、助けてくれたのは、わたしの場合、ひとつは友だちです。

ばかを言い合える仲間がいたから、救われた。だからこの年になっても、付き合いが続いています。

もうひとつは、好きなことがあったからです。

わたしの場合、高校一年の秋に映画監督になるという夢を抱きました。

そのため、映画をたくさん観るだけでなく、シナリオや戯曲や小説を読んだり…映画館にラジカセを持ち込んで、映画の音声を録音して、あとでシナリオに書き起すという試みをしたり…自分で練習用のシナリオを書いたりなど…夢を叶えるため、とにかく走り始めていました。

つまり、学校の外に、世界ができたのです。

成績が悪くて、「なんだこの点は、人間じゃないよ」と、教師の一人からののしられたこともありましたが、自分の本当は外の世界にある、と思えたので耐えられました。

でも、映画の道なんて、不安定な上に、成功するのはごくごく一握りの人間なので、まともに生活していけるわけがない、と親からは反対されていました。

親友たちは、ガンバレと言ってくれました。でも、彼らだって同い年で、どんな将来が待っているかわからないし、彼ら自身も悩みを抱えている。

なので、それ以上に、「もっともっと好きになって、どんどん突き進んでみろ」と、強く後押ししてくれる存在はいなかった。

実際、自分に才能があるのか、夢が叶うのか、生活していけるのか……なんて、不安はいつもつきまとい、ついブレーキを踏む自分もいました。

だから、あの頃の自分に会えたのなら、言いたい。

もっと好きになれ、どんどん走っていけ、ブレーキなんか踏むな。


いま成功しているからではありません。自分だけでなく、多くの人の人生を見てきたからこそ、それを思います。

好きなことをとことんやれば、生活できるようになります。願っていた道ではなくても、好きなものを極めていくと、しぜんとコネや仲間が生まれて、手伝いを求められたり、仕事を紹介されたりして、生活のための道が広がるのです。

まじめで誠実であれば、仕事を依頼したり紹介したりしてくれる人は現れます。

わたしも、映画では生活できなかったけれど、映画や演劇の勉強を通じて、物語を作るという基礎的な技術が育っていたことで、いまの仕事につくことができました。

だからみなさんにも伝えたい。

好きなことがあるなら追いかけてほしい。ないなら見つけてほしい。

受験のために一時中断してもいいです。わたしも、東京に出るという夢のため、高校三年の夏以降は、試験が終わるまで、映画を封印していました。

でも、将来の安定のために、という理由で、好きなことをあきらめる必要はありません。むしろ好きなことは、いろいろな面で、あなたを助けてくれると思います。

# Q4

## つらさを
## ひとにどう伝えたらいいでしょう?

人に相談したい時もあるけど
実際に
「つらい」って言いづらいよ

言えないと思っても
無理して
言ったほうがいいのかな

# A4

痛みやつらさを伝える権利は
生まれた時
みんなに与えられている

それは、言えないよねえ。なかなか言えないですよ。それが当たり前です。

こんな相談をして、相手を困らせないかな、とか…こんなふうに思う自分がおかしいんじゃないのかな、とか…みんなそれぞれ悩みもあるだろうし、忙しいだろうし、とか…自分に自信が持てず、つい臆病になって、口をつぐんでしまう。

わかります。わたしだって、悩みも、つらいという言葉も、そうそう口にできません。つらいという言葉を言い出せないのに、無理に言おうとしたら、さらにつらさが重なるので、そんなことをする必要はありません。

人に対する思いやりを持てる優しさ、物事を多面的にとらえられる繊細な感受性、人はそれぞれ事情を抱えていると理解できる洞察力、これらを持っている人は「生き延びる」能力が高く、そうした人は、基本的に臆病で、根拠のない自信は持ちません。


わたしが伝えたいのは、つらいときには、つらいと言うべきだ、ということではなく、「あなたが、本当につらさや苦しみを感じたときには、つらい、苦しいと、人に言ってもいいんだ。自分のつらさや苦しみを伝える権利が、あなたにはある」ということです。

それは、あなた方それぞれが命を与えられたときに、同時に与えられた権利です。

なぜなら、いざという時、その言葉を使わなければ「生き延びられない」から。

一人で山登りをしていて、道に迷い、足を怪我して、このままだと遭難で命を失うかもしれないという時、少し離れた先を、別の登山者が歩いているのが見えたとしたら……相手に迷惑をかけるから、相手を煩わせるのは悪いから、と黙っているのは、あなた自身の命に対して誠実ですか？

おーいと、勇気を振り絞って声を上げ、ここにいまーすと、助けを求める権利が、あなた方にはあるのです。

心優しい人は、こんなふうに考えがちです。

ぼくみたいな人間が、こんなつまらない悩みで、人を煩わせていいのかな。わたしの、つらい想いで、相談相手をつらくさせるんじゃないかな。

それは立派な思いやりです。ただ、こうも考えてほしい。

相手の事情で、打ち明けることを止められたのではない。わたしやぼくの判断で、自分の権利を、いまここでは使わない、と決めたのだ、と。
あなた方一人一人が、主体であり、あなたが決められるし、あなたが決めるのです。

# Q5

## 自分の思いはどうすれば伝わりますか？

自分に自信がないし
自己主張って
すごく苦手

どうしたら
思ってることや気持ちを
ちゃんと伝えられるのかな

# A5

思っていることを
口にする
書く
考えを深める
はそれぞれ別の能力

まず、自信がないことは悪いことではないと言うのは、先ほども話した通りです。自己主張できないことに悩んでいる、ということは、主張したい何かは、あなたの中に生まれているということです。実はそういう人は多いと思います。

あなた自身や家族や友人のことについて……また、コロナを巡る政策とか経済問題など日本のことについて……あるいは、戦争や環境破壊など世界のニュースを見聞きして……いろいろな考えが湧きおこってくるのは自然なことです。

といって、そうした問題に対して、自分はこう思う、自分だったらこうする、というように、考えを深めていくことは、ぼんやりしていて、できることではありません。

自分の考えや意見を、頭の中でじっくり検証し、時と場所さえ与えられれば言ってやるのに、というところまで進めたなら、あなたはもういっぱしの哲学者です。そのときはまず高く評価しましょう、自分のことを。

こうした自分なりの考えを、口にする、書く、ひとまず溜めてさらに考えを深める――というのは、それぞれ別の能力です。

なのに、この社会は、声高に主張する人間を、尊重し過ぎます。大きな声で、こうだ、こうすべきだ、と主張する人間に、多くの人がついていったり、投票したりします。で、たいてい失敗に終わります。

なぜなら、口に出すと、人がついてくる、テレビやユーチューブで人気が出る、当選できる、という成功体験を持った人物は、起きた事件や現象に対して、思いついた考えを、ていねいに検証し、考えを深める前に、こうだ、と主張しがちになるからです。

だから、自己主張の強い人になどならなくていいです。

むしろ、主張の強い人に簡単に引っ張られないこと。人任せにしないで、自分の考えを強めること、を心がけてください。

実は、思っていることを口にできる、という言語化の能力は、ある有名大学の研究の結果、その人が育った環境と、もともとの遺伝が、それぞれ五〇%ずつ影響し合っている、ということが判明したそうです。

つまり、思っていることをうまく口にできないのは、あなたの責任ではありません。

遺伝も、生まれ育った環境も、当人にはどうにもできませんものね。

気に病んだり、自分を責めたり、卑下したりする必要はないということです。

ただ、これからの環境や、努力は、あなた方が自分でどうにかできるものです。

複雑な思考を、きちんと言葉にして相手に伝えるのは、英会話のように、何度か練習し続けるうち、少しずつ身につくものです。

焦る必要はありません。ちょっとずつ思っていることを口にして、届いたら、もう少し話してみる、という繰り返しのうちに、英会話がだんだんうまくなるように、思っていたことが口にできるようになります。

## Q6

# 困ってる人の相談にはどう応じればいいですか？

相談があると言われたのに
相手はなかなか話し出さなくて
実はそっとしておいてほしいのかな
と思うことがある

何をどうしてほしいか
あいまいで
どう応えればいいのか迷うこともある

# A6

当人が聞きたい言葉は
すべて信じるよ
という存在の肯定と共感です

「ごめん、ちょっといい?」「聞いてほしいことが、あって」「相談があるんだけど」などと話しかけられたのに、相手がなかなか話し出さなくて、どうしたのかな、無理にもこちらから聞いたほうがいいのかな、それともそっとしておいてほしいのかな、などと、聞く側として迷うこともあるかと思います。

まず、無理にも聞く……は、いけません。相手にかえってプレッシャーを与えてしまい、「なんでもないから」と、真実から遠のいてゆく場合があります。

また、相談がある、聞いてほしいことがある＝ルック・アット・ミー的な助けを求めた相手は、そっとしておいてほしくて、声を上げたわけではありません。長いあいだ「そっとして」おかれて、自分のつらさに気づいてもらえなくて、もう無理だと思って、勇気を振り絞って、救いを求める声を上げるのです。

次が大事な点です。若い人たちだけでなく、大人もぜひ心に留めてください。

ぎりぎり救いを求めた人の声は、とても小さい。ときに、言葉が不明瞭なこともある。

さらに、当人が混乱していて、何を、どうしてほしいか、はっきり言えないことのほうが多い。

何を、どうしてほしいのか、わかっていれば、ここまで追い詰められる前に何かできたかもしれないのに、それがわからないから、つらい、苦しい。

なのに、打ち明けた相手……親や先生や友人から、「で、あなた、結局、何を、どうしてほしいの」と尋ねられて、答えに窮し、相談相手の苛立った表情を前にして、「いえ、なんでもありません」と引き下がる……そして、もう二度と誰にも相談なんてしないと、閉じこもる。

加えて申すと、こうした子が声を上げるのは、一度きりです。

そんなにつらいなら、もう一度言ってくるだろう、と思うかもしれませんが、つらいからこそ一度しか言えないのです。

当の本人も、打ち明けたら、すぐに解決法が返ってくるなんて思っていません。

本人が聞きたい言葉は、「わ、それは大変じゃない……大丈夫なの？」という、あなたの言葉をすべて信じるよ、あなたが心配だよ、という、存在の肯定と共感です。

あとは「私に何かできることがある？」と聞いてあげるのもいいです。

そして、「私だけじゃ無理だから、先生とも相談してみようか」「ほかの先生とも考えてみるね」など、確かに悩むのが当然の難しい問題であることを共有して、自分は味方だよ、気にかけているよ、と態度で示せれば、十分です。

最終的に、問題を解決できるのは当人だけです。

実は、当人も、無意識のうちにそれを理解している。大事なのは、相手が、そこにいることを認めること。

『ルック・アット・ミー』への答えは、『イエス、ユー・アー・ヒア』――あなたはここにいるよ、です。

# Q7

## 努力や才能より
## 運の力のほうが大きいの？

メッセージで努力や才能より
運の力が大きいって言ってたけど
どういうこと？

天童荒太さんの運って
どんなものだったのかな？

# A7

人生では
幸運と思っていたものが　不運に

運が悪いと思っていたことが
運の良さにつながることがある

生まれ育ちの環境というものは、ひとつの運だと思います。

オリンピックのメダリストやプロスポーツ選手の話では、親が同じ競技をしていたのが始めるきっかけだったとか…遠く離れた練習場へ、親が毎日送り迎えをしてくれたので続けられたとか…環境にまつわるエピソードをよく聞きます。

つまり、才能が努力を積み重ねて開花するには、運が大きな影響を与えています。

だからでしょうか、才能のことを英語ではギフトと言います。「贈り物」と同じギフトです。

才能も努力ができる環境も、天からの、あるいは人々からの「贈り物」だと思う謙虚さが、多くの人の支えを得ていっそう飛躍するためには、大切になると思います。


わたしの場合、家族にも親戚にも作家や芸術家はいません。

それでも、物語がとても好きで、自分で映画を作ってみたくなった、ということについては、環境の影響を受けています。

わたしが幼い頃、家は貧乏でした。兄が二人いて、生まれ育った家のすぐ近所に、レンタルの漫画屋さんがあったことから、物心つくと、兄たちが安く借りてきた漫画が、すぐそばにありました。

最近のお子さんは、絵本の読み聞かせで育てられますが、わたしは一人で読みふける漫画から、多くのことを学びながら育ちました。

映画に関しては——父が靴屋さんをやっていたのですが、あまりうまくいかず、やがて知人の紹介で整体の仕事に転職しました。まじめな性格の父には、性に合っていたようで、少しずつ顧客が増えていきました。

そしてたまたま、当時、故郷松山で複数の映画館を経営する社長の奥さんが、父の整体のお客さんとして通われてきたのです。とてもいい方で、整体を受けに来られるときには、各映画館の無料招待券をよく持参されました。

この招待券のほとんどを使ったのが、わたしです。おかげで中学から、ことに高校時代には、むさぼるように映画を観ることができました。

二つのめぐり合わせがなければ、わたしは作家にはなれていないでしょう。

才能があるとか努力をするとかの前に、当人が何かを好きになる、何かを選ぶ、というときにも、運が大きく影響しているものです。

　また、初めて書いた小説で、新人賞をいただいた、というのも運です（これについてはＡ10〈102ページ〉で詳しくお答えします）。

　そのあと小説や詩や演劇や映画など、各界の新人たちが集う会に呼ばれ、こわごわ出席しました。この席で、斬新な映画を撮った、三歳年上の映画監督と知り合います。

　偶然にもわたしは、彼の撮った映画を観ており、とても好きな作品だったので、人見知りのくせに自分から話しかけました。やがて話が弾むうち、彼の新しい映画の仕事を手伝うことになっていました。

　紆余曲折はありますが、この出会いにより、ずっと夢に見ていた映画界にデビューすることが叶いました。当時としては若い二十八歳で、全国のスクリーンに原作・脚本として、名前が出ることになったのです。わたしはこの運に感謝しました。

　ところが、当時の映画界はまだ昔のおおざっぱなスタイルが残っていて、Ａ1（50ページ）でも述べましたが、予算を持ち逃げされたり、せっかく書いた脚本が、予算や、俳優の事務所の都合で、どんどん変えられたりする現実にぶつかることが増えました。

わたし自身の能力も、限られた予算と時間の中で、大勢の人の意見を採り入れながら作り上げていくものより……一人で時間をかけて、こつこつと納得がいくまで積み上げていく仕事のほうに適していたようです。

夢の場所は、自分の場所ではなかったとあきらめ、小説家になることに専心します。

そこから本当の意味で、良い小説を書くための努力を始めたのですが、努力が実を結ぶには、初めて書いたミステリー小説が賞をいただく幸運に恵まれたり…有能な編集者にめぐり会って、千枚を超す長編を書くように勧められたり…またその作品で大きな賞を受けたことで、次の二千枚を超える大長編を書く力を与えられたりなど…いくつもの運と出会いが、わたしを支えてくれました。

映画界に入るという高校時代からの夢が叶った数年間は、映画をあきらめることにつながり、考えもしなかった小説家になるという、新たな運をもたらしました。

そして、映画界が自分の場所でなかった一方で、映画製作を通じて知り合った友人の紹介によって、妻と出会います。この出会いは一番大きい運ですね。

人生は、幸運だと思ったものが、やがて不運につながり……運が悪いと嘆いていたものが、長い目で見れば、運の良さにつながることがあります。

一時的な不運を嘆かず、また逆に幸運に舞い上がらず、つねに自分にできる精一杯を、誠実に、こつこつと続けてみてください。きっとまた良い出会いに恵まれるはずです。

# Q8

## だれでも幸せになれますか？

メッセージで　中学　高校の頃に
もう幸せだったって書いてたけど
本当かな？

じゃあ
わたしたちも
幸せになれるってこと？

# A8

みんな
すでに絶対の幸福を知っている
それを
大事にしてほしい

メッセージに書いたのは、大人になって振り返ると、といっても、三十、四十ではまだわからない。いまこの年になってわかったのは、中学、高校の頃、友だちとワイワイくだらないこと話して、笑って、一緒に何か食べたり飲んだりしながら、どうでもいいことを熱を込めて話したり、茶化したり、歌ったりした、その時間の中に感じた、楽しさ、満足、心がはじけるような喜び――それこそが、幸せというものであって、わたしたちは、中学、高校の頃に、すでに幸せを知っていた、という感覚です。

これと並ぶ幸せは、家族との団欒(だんらん)と、心が通い合った人とのハグです。

もちろん一人で好きな時間を過ごすのも、幸せです。

ただ永遠に一人はどうでしょう。

充実した孤独な時間を過ごしたあとに、家族や友人、同じ趣味を持っている人たちと、食事したり飲んだり、話したりするのは、より幸せなことだろうと思います。

こうしたこと以外に、幸せなんて、そうはありません。

なのに、わたしたちは広告にあおられて、広い敷地の一軒家か、見晴らしの良い高層マンションに暮らし、高級車を買い、家電をそろえ、リッチな旅行をして、たまに豪華な食事、自分の優雅な時間を大切にして、ゆとりある暮らしを送る……とかなんとかを、幸せだと誤解して、競争社会のまっただなかへ飛び込んでいきます。

試しに、いま挙げた一つ一つを、家族も友人もなく、たった一人で経験し、その経験を誰かに話すことも、分かち合うこともなかったら……と想像してみてください。

こうしたフェイク・ハピネスには、お金がかかりますが、本当の幸せには、お金は不可欠ではありません。

標準的な生活を送れるお金、お給料が必要だけれど、それが増えたからといって、幸せが増えるわけではありません。

どこかに幸せがあると思いながら探し続け、身近なところにそれはあった、というのは、ノーベル賞作家メーテルリンクの『青い鳥』のテーマですが、真実です。

皆さんは、すでに絶対の幸福を知っています。それを大事にしてください。

卒業後も、友だちと連絡を取り合って、仲良くし続けてください。

幸せを維持することは、ときに煩わしいこともあり、大変だけれど、新しく獲得するより、ずっと楽なんですから。

いまわたしが故郷に帰って、会ってお酒を飲みながらバカな話をする友だちは、幼稚園からの、また小学校からの幼なじみ、そして高校で出会った親友たちです。

# Q9

## 小説はどのように生まれるのですか？

小説のアイデアってどこから生まれるんだろ

読書感想文ってめんどい本って読んだほうがいいの？

# A9

プロは　アイデアを
育てることを大事にする

読書感想文は
だれもが苦手

小説のアイデアは、考えて考えて考え抜いて、出てくる場合と、天からふうっと降りてくる場合の二種類があります。

ただ、大切なのは、アイデアを思いつくことではなく、それをどう大事に育てていくか、なんです。

皆さんも、もし何かが、こんなふうになれば面白いんじゃない、といった感じのアイデアを思いつくことがあると思います。プロでも、始まりは似たようなものです。

ただプロは、そうして浮かんだアイデアを、ノートなどに残し、どうすればもっと起伏のある展開になり、一冊の本になるまで成長するかと、ことあるごとにノートを開いて考えます。

プロは、たいていそういうアイデアを複数持っています。たぶん十とか二十、もっと多い人もいるかもしれない。

中の一つが、急に伸びてくることがあります。面白い登場人物を思いついたとか、いいラストを考えたとか。ああ、この話をもっと追いかけてみたい、本になるまで突き詰めてみたい、ということになって、編集者と相談して、執筆にとりかかります。

アイデアを思いついてから執筆まで、わたしの場合は、少なくとも三年は育てる時間がかかっています。長いものでは、今度ファンタジー小説を書く予定でいますが、アイデアを思いついてから、約四十年経過しています。

一冊の本には、作者だけでなく、編集者、校正者、デザイナー、印刷、造本、管理、営業、宣伝、取次、配送、書店……もっといるかもしれませんが、とにかく多くの人が関わっています。せっかく時間と人手をかけたものだから、多くの人に読んでもらいたいと願っています。

一方で、読書感想文のせいで、本を読むことが嫌いになったという声は、わたしが学生の頃から現在まで、よく耳にします。わたしも大の苦手でした、読書感想文。いま考えれば、夏休みなど長期休暇の間に、本の一冊は読んだほうがいいので、読んだ証拠として、感想文を提出させるのだろうと思います。

本は、映画やドラマのように、黙って映像の前に座っていれば、次々と物語が展開してゆくわけではなく、自分で読み取ってゆかなければいけないので、面倒です。面倒ゆえに、読み切ったときの喜びは大きく、得られる情報の量も多い。

わたしは、映画の世界にいたことがあるし、自分の小説が何度か映像化されたことがあるので、わかるのですが……原作のある映画やドラマって、時間の都合で原作の一部しか映像化できません。本には、本でしか味わえない面白さがあり、映像化が不可能だった箇所にこそ、本ならではの発見や感動があります。


つまり、読書感想文の目的は、本嫌いを増やすためではありません（たぶん）。

きっと豊かな世界を見いだすことができるはずだから、長い休み中に一冊でいい、読書をして、できれば以後も習慣にしてほしい、ということだろうと思うので……べつにいいものを書こうとしなくて大丈夫です。

今なら、かつての自分に、こうアドバイスします。

読みやすい字をこころがけ、習った漢字は使う。見直しをして、誤字脱字をなくす。

最も注意すべきは、あらすじを書くのを避けること。なぜなら、あらすじを書くほうが、実は難しいから。わかっていることを書くのは退屈だし、読むほうもつまらない。

たとえば好きな登場人物を見つける。その人物の、どこが、どう好きなのか、魅力は何かを書けば、それだけでオリジナルな感想文になります。

あるいは、作中で好きな場面を見つけて、その場面の魅力、ひかれたところを書く。逆に悪役人物の、ここが憎らしい（ほど好き）、というところを書いても面白いと思います。

ノンフィクションの場合は、冒険家や研究者など（作者自身のこともあれば伝記のこともあります）の、イイネと思ったことや、真似してみたい、真似なんてできそうにないほどすごい、と思ったところを書く。

また多くは、新しい発見や、発見に至る努力が書かれていると思うので、ビックリした、あり得んと思った、ことを率直に書いてもいいです。

要は、自分の「好き」（とか発見や驚き）を、それこそ好きなように書けばいい。

ああ、この子は、どこかに載ってるあらすじを写したのではなく、内容をちゃんと読んだんだな、と思ってもらえたら、それでもう読書感想文の目的は果たしています。

ちなみに、面白い・楽しい・感動する、といった感想を持つほかに、実際に生きていく上で、本を読む価値があるかどうかと言うと――逆境に負けずに夢のために頑張っていきたい、自分なりの生き方を見つけていきたい…自分らしさを保ちたい、孤独と向き合いたい、多くの人と関わり合いたい…死の恐怖に対処したい、生きていく不安に向き合いたい、人や社会にだまされたくない…この胸のもやもやした気持ちの正体を知りたい…などといった思いがあるなら、読んだほうがいいです。

物語には（ノンフィクションの場合でも）、多くの人物が登場し、いろいろな行動や事件が交錯します。一冊の本を読み終えると、少なくとも一人か二人の人生の一部を、身近な感覚で経験したことになります。

映画やドラマでも経験できる、と思われるかもしれませんが、映画やドラマは人物たちの心理の底までは描けず、表面的な表現にとどまります（ですから映像作品は、アクションやサスペンスやホラー、青春の恋愛ストーリー、といった分野を得意とします）。

人間の心理の底や、複雑な感情のやり取り、社会の仕組みの実相などは、本でしか、なかなか表現できません。

本を多く読むと――世の中にはいろんな人がいて、いろんな生き方があり、いろんな思いが交錯し、良いことも悪事も起きて、その対処法もあるのだ、という真理が実感できます。

その経験を積み重ねると――現実において、どう生きていけばよいか、どんな言動をとり、どう対処していけばよいのか、という助けを得ることもできます。

また本は、先に述べたとおり、自分から積極的に読み取る作業が必要なので、脳への刺激が、ただ映像を見て楽しむものよりも格段に強くなります。

結果、脳が発達し、顔立ちに影響します。

上品な顔立ちの人になりたかったら…年齢を重ねてからも若くいたいのなら…やはり本は読んだほうがいいと思います。

いにしえの中国では、人が三日、本を読まなければ、顔つきが悪くなり、話す言葉に味がなくなる、と言われたそうです。

# Q10

## 仕事は
## どのようにして選びましたか?

小説家って
どうやって
なるものなんだろう?

仕事から学んだことや
生かしたいことが
あれば聞きたいな

# A10

あなたに
向いている仕事は
あなたが望まれている
ということ

自分の仕事、というものを意識したのは、高校一年の秋でした。

映画がずっと好きだったので、幼なじみからは、いつか映画評論家になるんじゃないか、と言われていましたが、「それだと食えないらしい」と首を横に振っていました。

中学の時にもう、仕事で食える食えない、を意識していたのは、日本がいまほど裕福でなかったことや、自分の家が貧しかったことが影響していたのかもしれません。

それが高校一年の秋、日本映画を特集している雑誌を読んでいて、ふうっと、あちら側の人間になって、映画を作りたい、評論家でなく、創造したいと思い立ちました。

その夢はどんどん膨らみ、日本映画を観るたびに確固とした意志になり、自分なりにアプローチを始めます。

あらゆる種類の映画を、好き嫌い関係なく観て、シナリオや戯曲を読み、小説やノンフィクションを読み、大学に進んでからもシナリオや戯曲を書いて、コンクールに送りました。大学卒業後も、就職せずに、青物市場や町工場で肉体労働のバイトをしつつ、シナリオを書き、コンクールに送っていました。

でも、最終候補まで進むことはあっても、当選しない。童話の賞を一つ頂いたのですが、あとがつづかない。二十五歳のとき、ふと気づいたのは、あまりに映画が好きだから、自分の作りたいものではなく、当時の映画界で流行している作品に沿った内容のシナリオを、コンクールに送ろうとしていたことです。

あれ、おかしい。自分の思い描く物語をスクリーンの上で見たいから、高校の頃から頑張ってきたんじゃないのか。よし、初心に戻ろう、作りたい物語に立ち返ろう。

高校二年の頃に思いついて、ノートに記していたアイデアがありました。暗い話なので、映画にならないと思って遠ざけていたのですが、高校生当時考えたアイデアが、七、八年たっても面白いと思えるなら、思い切って形にしてみよう……でも、映画は難しい。そうだ、小説なら暗い話だって問題ないはずだ、と思い、初めて小説を書いてみました。

そして、これも運なのですが、たまたま本屋で見つけた新人賞の公募に送ってみたところ、新人賞を頂いたという経緯です。

でも、まだ小説家になる覚悟はありませんでした。小説のストックも他になかったし、小説家という仕事のことも何も知らないままでした。そんなとき、たまたま映画界から誘われたので、しばらくそちらに身を置いていたのは、先にお話しした通りです。

そして、映画業界と、自分の考え方や能力がマッチしないと、ようやくあきらめがついて、天童荒太が生まれたわけです。

経験から学んで生かしたいことは、皆さんにもお伝えしたいことですが……自分が好きなことと、向いていることは、必ずしも一致しない。むしろ、好きなことと、向いていることが一致するのは、ごく限られた人に訪れる幸せだろう、ということです。

わたしは、新人賞を頂くまで、小説家になれると思ったことは、一度もありませんでした。小説を読むのも、映画作りのためで、好きの一番ではなかった。

だから、小説家の道に進むことを決めたとき、かえって冷静に、よい小説とはどういうものか、と考えることができました。

とはいえ、好きなことをとことん追いかけてみないと、向き不向きも見えてはこない、ということはあると思います。この仕事では、そこそこうまくいっても、すごく上手にはなれない、という限界が見えてくるのは、好きだからこそだと思います。

皆さんも、まずは「好き」を追いかけてください。

そして、好きなことと、向いていることが、一致しないと感じるときが来たときは、向いていることに専心してください。

なぜなら、向いているというのは、望まれている、ということでもあるからです。

わたしは、小説の世界に望まれたのだと思います。

今後も望まれた世界で、力を尽くしていくつもりです。

あなた方一人一人にも、向いている仕事、向いている世界というものがあります。

それは、あなた方の存在を望んでいる世界でもあります。

どうか望まれた世界で、力を尽くしてみてください。思いもかけない豊かな世界がきっと広がると思います。

# Q11

## 小説のテーマはどうやって決まりますか？

直木賞を受賞した
『悼む人』って
どんな気持ちで書いたんだろ？

ほかにも
命をテーマにした小説が多いよね
やっぱりテーマって大切なのかな？

# A11

望まれた仕事のなかで
自分には
何ができるかを考える

テーマがなくても、小説は書けます。

面白いアイデアを考えついたから、ワクワクしそうなプロットができたから、で書かれている小説・物語は多いと思います。

むしろ大切なのは、書くための動機＝モチベーションです。

モチベーションがないと、まず書こうと思わないし、つらい思いをしてまで書き続けることができません。たとえば、読者を楽しませたいから、本を書いて稼ぎたいから、も十分なモチベーションです。

仕事をする、続ける、というときには、あなた自身のモチベーションを意識することが大切です。その仕事でなければいけない、というモチベーションがあれば、きっと長続きするし、苦労してでもやりとおすことができるでしょう。

わたしの場合は、小説のテーマが、書くモチベーションになっています。

『悼む人』は、先ごろ、二十年に及ぶ戦争に終止符が打たれた、アフガン戦争に端を発しています。

二〇〇一年、アメリカに対する9・11テロがあり、その一カ月後、アメリカがアフガニスタンに報復的攻撃をした直後のことでした。

あれほど多くの人がテロで亡くなり、つらい想いをしたのに、そのつらさを晴らすために、今度はこちらから爆撃をして、多くの命を奪うなんて……しかも、それが先進国の間では、正当な行為とされるなんて、なんて絶望的な世界だろうと、ショックを受けました。

でも、わたし個人にはどうにもできない。おのれの無力さに打ちひしがれていたおりに、ふうっと、天から、「何もできない、けれど、亡くなった人々を、きっと忘れないと、悼んで歩く人」という言葉が下りてきました。

そのときに、ああ、もしもそんな人がこの世界にいてくれたら、少なくとも救いになる。この世界に絶望しないで済むと思いました。

この悼む人の存在と、悼む人の想いをテーマとして、小説を書こうと決めた瞬間です。

以後、この人＝テーマを、人々にきちんと伝えたい、いまの世界に届けたいと願い、取材をし、かつ執筆し続けました。

人が亡くなった現場を訪ね歩くこともしましたし、医療関係者など多くの人とも会いました。死者を描くということは、遺族を描くということでもあるので、執筆には慎重であることが求められました。

結果、完成にはまる七年かかっています。

なので、完成したことが、今でも奇跡だと思っています。

命をテーマにした作品が多いのは、一番大事なものだからです。

先に答えたように、わたしはもともと小説家になりたかったわけではありません。もし小説家が第一志望だったら、小説家であり続けることが一番のモチベーションになるので、ジャンルやテーマにこだわらず、どんどん書いただろうと思います。だから、人間とは何か、家族とは何か、愛とは何か。なぜ人は人を虐げずにはいられないのか。その一方で、なぜ人は人を救おうとするのか……といった、時間をかけて考える必要のあるテーマは、書いたとしても、数は少なく、もっと書きやすい、読者も気軽に読める作品を、発表しただろうと思います。

かつての夢を捨て、小説家の道へ進もうと決めたため、だったら小説にできることは何だろう、と冷静に考え、時間のかかる大切なテーマを取り上げることにしました。

皆さんも、将来、自分に向いている仕事＝望まれている仕事の中で、何ができ、何ができないかを、しっかりと考え、少しずつ実際に行動してみる、ということを試みると、仕事がもっと面白くなるだろうし、思いもかけない新しい世界が開けると思います。

# Q 12

## どんな経験が実際の仕事に生かされますか？

どんな経験をしたら
小説家に
なれるんだろう

仕事に
生かされる経験って
どういったものかな

# A 12

思うのは
人生に
むだなことはない
ということ

わたしがいま小説家として生活している上で、一番に影響があったと思うのは、小説を読みはじめるずっと前から、物語の面白さを伝えてくれた漫画と映画です。

幼かった当時、活躍していたのは、手塚治虫さんや石ノ森章太郎さんや藤子不二雄さんたち（もう数えきれないくらいの）レジェンドとされる大御所たちです。

それが物語にふれた最初の一歩です。レジェンドたちの漫画を、幼い脳にどんどん吸収したことで、物語の構造を組み立てるときの基礎ができた気がします。

そうしたレジェンドたち自身が、影響を受けて、漫画の中に取り入れていたのが、映画です。わたしも、漫画の次に、映画へと移っていきました。

中学、高校の頃は、故郷の街にいくつも映画館があったので、毎週土日は、自転車で駆け回り、映画館をはしごしていました。当時を思い出すと、もっと恋をしろよ恋を、と思うんですが……そうすると、いまのわたしはないでしょうから、仕方ないですね。

テレビで放映される映画も見ていたので、ほぼ毎日映画を観ていた感じです。

結果として、起承転結という物語の構造や、物語を伝える流れ、効果的な場面転換のリズムなどが、自然とわたしの中に染み入っています。

もう一つ、影響を受けているのは、演劇です。

初めから演劇に興味があったわけではありません。映画の勉強ができる大学に進みたかったけれど、学費が高くて、無理でした。奨学金を借り、ようやく演劇学を教える学校に進むことができました。映画の基礎は、演劇だから、時間が経てばきっとこっちのほうが有利になる、なんて負け惜しみ的に思いながら通っていました。

結果として、演劇を学んだのはとてもよい効果をもたらしました。映画は地方でも観られますが、演劇は、その場にいないと観られません。当時話題になっていた舞台をいくつも観ることができたし、ついには自分たちで演劇サークルを立ち上げて、わたしの脚本・演出で公演を打つなど、演劇にはかなり打ち込みました。

それが縁で多くの友だちができたし、小説の創作にも生きています。

登場人物同士が、感情をむき出しにしたセリフを言い合うとか、逆に互いの本音を隠したセリフをやり取りしながら話が展開していく……という場面を描くのに、よく演劇のテクニックを用いています。

自分の内面においては、家族や友人と暮らしてきた日々の、出会いや別れが、濃い影を落としています。

子どもの頃は、家が貧しかったので、中学から高校受験までずっと、寝たきりになった祖母と、同じ部屋で過ごしていました。

当時は紙おむつも、デオドラントもないので、部屋の中はすごいにおいがこもっていました。家族だからこそ、いつも仲良くというわけにはいかない、いろいろな事情がある……ということを、祖母との暮らしから教わりました。

この祖母との暮らしの経験が、初めて書いて、新人賞を頂いた小説や、『歓喜の仔』という作品に生きています。

また同じ夢を語り合っていた親友を、二十代で亡くしたことも大きな影を落としています。一人っ子だった彼を失ったご両親との交流からも、多くのことを教わりました。

その経験が、『悼む人』に生きています。

仕事には、これまで経験してきたすべてのことが、陰に陽に、影響しています。

当時は苦しかったり、いやだったりしたことも、時間が経てば、思わぬところで生かせていると感じることが、多々あります。

ともかく常日頃から思うのは、人生に無駄なことはない、ということです。

# Q 13

## 日々
## 心がけていることはありますか？

言葉にして
心がけていることって
あるのかな

座右の銘とかね
あれば
知りたい

# A13

視界に入ったゴミは
わたしが拾わないと
誰かが拾わなきゃいけない

迷ったら
険しそうなほうを選ぶ

座右の銘や、好きな言葉というのは、これといってないんですが、自分自身が心がけていることは——。

わたしの視界に入ったゴミは、わたしが拾わないと、誰かが拾わなきゃいけない。

台所の流しに置かれた汚れ物の皿やコップは、わたしが洗わないと、誰かが洗わなければいけない。

ということです。

あと、二つの道のどっちを選ぶか迷ったときは、大変そうなほう、より険しい道のほうを選ぶ、という決め事をしています。

険しい道のほうを選んだことで、最終的によい結果を得られた、という場合が、実際のところ多いです。

そもそも迷っている段階で、険しい道のほうが、いい結果につながると、自分でわかっているんですね。わかっているけど、大変だし、もしかしたら楽な道を選んでも、いい結果を得られるんじゃないかなぁ、という甘えがあるから、迷うだけで。

だから、迷ったときは、険しいほう、と自分に言い聞かせています。

# Q 14

## 人生で大きな影響を受けた場所はありますか？

場所に
影響を受けることも
あるのかな

故郷のほかに
アナザースカイ（第二の故郷）は
どこだろう

# A 14

九州の鞍岡
カレン族の村
3・11の被災地……

愛媛県松山市にある、道後温泉がわたしの故郷です。

故郷は自分では選べません。だから、これも運ですね。故郷で出会った漫画や映画が、また家族との暮らしが、創作にも生活にも、大きな影響を与えていることは、先に述べたとおりです。

第二の故郷と言われて、真っ先に思い浮かぶのは、母の生まれ故郷です。九州宮崎の、神々の里と呼ばれる高千穂峡の近く、鞍岡という場所です。幼い頃の夏休み、母の里帰りで、よく一緒に連れて行かれました。

母は兄妹が多かったので、お盆の時期には、みんなが集まってきます。同年代のイトコたちが大勢いて、しかも九州のへそと呼ばれる場所で、自然があふれている。天然の川下りなどもできて、人と自然に囲まれていっぱい遊んだ記憶があります。

いまもイトコたちからはよく連絡が来て、遊びに帰っておいでと誘われます。

次に、第二の故郷というより、忘れがたい場所です。

映画の世界にいた頃、東南アジアの映画監督と一緒に映画を作る企画がありました。わたしは、打ち合わせのために、タイとミャンマー国境の、カレン族という少数民族の村で映画を撮っている、タイの監督を訪ねました。

そこは、カレン族と、当時のミャンマーの軍事政権とが戦っていた紛争の村でもありました。

わたしは、本物の機関銃やピストルを、持ってみろ、と渡されたり…近くに落ちた不発弾を震える手の上に置かれたり…おまえは背が高いからミャンマー軍の狙撃兵から撃たれる可能性が高いぞ、もっと身を低くしろ、と脅されたりしました。

本当に命の危険を感じる場所でありながら、村人や子どもたちはその環境でも笑って暮らし、わたしを優しく迎えてくれました。

忘れがたいというより、いま現在ミャンマーが大変なことになっていますし、忘れてはいけない場所だと思っています。

もう一つ、忘れてはいけない場所として、二〇一一年三月十一日の東日本大震災によって、大きな被害を受けた東北各地の被災地があります。

仕事の依頼と、取材とによって、震災後、思いがけず多くの被災地を訪ねることとなりました。

大きな街が、津波によって丸ごと失われている光景に呆然（ぼうぜん）としましたし、コンクリートの土台ごと津波に持っていかれた家々を前にして、言葉もなく立ち尽くしました。

時間が経過して、少しずつ再建したり、新しく地域を興したりして、活気を取り戻していく町や村が多くあります。一方で、放射性物質に汚染されたことによって、いまだに人が住めない地域も残っています。

わたしは、報道機関の協力もあって、爆発した福島第一原子力発電所の敷地内も見学させてもらえました。原子炉建屋（たてや）の爆発のあとは、すさまじいものでした。

震災からすでに十年以上経過して、起きた事実の深刻さを伝えることが、今後ますます難しくなるだろうと予想されます。

現実の姿を目の当たりにした者として、複数の物語を書きましたが*、今後も何かしらの形で語っていきたいと思っている場所です。

＊『ムーンナイト・ダイバー』、「いまから帰ります」（『迷子のままで』所収）

# Q15

## 夢を叶えるためには
## どんなことをすればいいですか?

運や出会いがあれば
努力は必要ないのかな?
映画の仕事に就く夢のために
どんなことをしたんだろ?

うちも映画は好きだけど
おすすめって
あるかな?

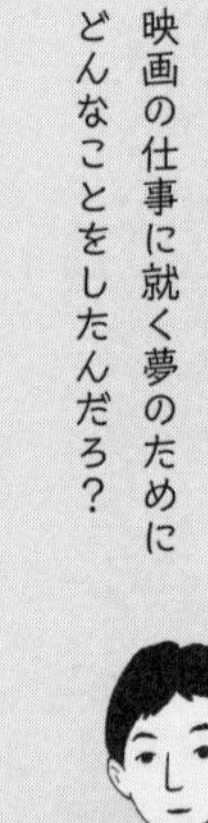

# A15

じっとしていても
夢からは近づいてくれない
こちらから
動くしかない

運と出会いが大切だと述べましたが、めぐってきた運に応えられるだけの実力を持っていないと、せっかくの運が通り過ぎていってしまいます。

また、ある程度の知識や能力を習得していてこそ、夢に近づく機会を与えてくれる人とも出会えます。

よりよい運や、よりよい出会いのために、生き延びてほしいのですが……夢を叶えるための運や出会いには、やはりたゆみない学習とトレーニングが欠かせません。

でも、嫌いなことを（たとえばテスト勉強とかを）イヤイヤやるわけではなく、好きなことを学んだり練習したりするのだから、実際にはそれを努力とは言わないでしょう。

他人から見ればすごく努力しているように見えても、当人は、楽しいからやっているわけで。

少なくとも、わたしはそうでした。


土日祝日はもちろん、テスト明けや学校行事で早く授業が終わった日は、速攻で帰宅し、自転車を走らせて映画館に向かいました。

感動した作品なら、その秘密を探ろうと、二度、三度と観ました（同級生からは、なんで同じ映画を二度も、と不思議がられるより、異物を見る目で見られていました）。その作品のどこがすぐれているかを研究しようと、ノートを持ち込んで、良いシーンがあれば、膝の上のノートに鉛筆を走らせたりもしていました。

図書館にも通って、シナリオや戯曲、小説やノンフィクションの本を読み、高校二年からは、原稿用紙二十枚程度の短編のシナリオを書くようになりました。本当のシナリオ（百二十枚くらいです）を書くための練習です。

ひたすら観て、読んで、書く……じっとしていても夢のほうからは近づいてきてくれないのが明らかだったので、こちらから動いていくしかありませんでした。

映画界に近づくために東京の大学に進むことを決めて、三年生のときは私立文系クラスを選択しました。奨学金を貸してもらう手続きを終えた後は、国英社の三科目だけに集中し、自分の夢を叶えるための、観て、読んで、書く時間を確保しました。

三科目以外の授業中に、ノートにシナリオを書くこともしました。ほめられたことではありませんが、複数のクラスメートがそれを読んで、ほめてくれることもありました。

一つのことを一万時間続けると、その道で花を咲かせられる（可能性が高い）という法則があるそうです。スポーツや音楽やビジネスなどの分野で、すぐれた成果を挙げた人々の人生を調べてみると、子ども時代から青年期にかけて、一つことに没頭する時間が、一万時間あったということです。

ただ、そうした人々の誰も、時間を計っていたわけではないでしょう。好きだから、好きでたまらないから、没頭していただけで。

もちろん、それができる環境にいたという運は、やはり大きいのですが、その運も利用して、とことん好きなことに埋没できるのは、大切な個人の能力だと思います。

＊

好きな映画はあり過ぎて、リストアップすることが、正直難しいです。

週刊誌などの企画で、あなたの映画ベストテンを挙げてください、という企画も、とても数を絞れなくて、すべて断ってきました。

でも今回は、せっかく若い皆さんが質問してくれているので、映画にはまった歴史と重ねて、皆さんにも面白がってもらえる作品――アート系の映画も好きなのですが、エンタメ系に焦点を合わせ、ＤＶＤや配信でも見られるような古典的な名作を紹介します。


まず、小学五年の時に観た『大脱走』。

戦争映画ですが、捕虜収容所から脱走するということに特化したお話です。

脱走のさまざまなアイデアや、敵との駆け引き。大勢の登場人物それぞれの人間ドラマが巧みに描かれていて、とにかく面白かった。

あまりに好き過ぎて、繰り返し何度観たかわかりません。

わたしが映画に取りつかれた原点です。


小学六年の時に観た『ローマの休日』。

素晴らしいロマンス映画でありコメディです。

とにかく主演のオードリー・ヘップバーンが美しい。

いろいろな伏線が、物語の中に巧みに織り込まれていて、それが登場人物をより魅力的にし、深い感動にもつながるという、ドラマ作りの勉強にもなります。

なお、この明るいタッチのドラマには、どんな時代、どんな環境に置かれようと、人と人との信頼こそが最も大切なのだという、貴いテーマが隠れています。


中学一年の時に観た『ポセイドン・アドベンチャー』。

豪華客船が嵐でひっくり返り、人々が協力して生き延びようとするパニック映画です。

危機また危機の連続で、さあどうする、どうなる、というサスペンスのお手本です。

この映画も、大切なことは、自分の頭でしっかりと合理的に考えることであり…仲間を信じ、協力し合うことが、(どんな時代、どんな状況においても)人々が生き延びるためには最も大事だとするテーマが、全体に貫かれています。


中学二年で観た、チャップリンの『街の灯』。

サイレントという、人物が話さない映画ですが、本物の古典、本物の名作です。

お笑いのコントの原点が、ここに詰まっていて、日本の芸人さんもずいぶん真似していることがわかります。

何度観ても、そのたびにわたしは笑い、最後に泣きます。

中学三年の時に観た『ウエストサイド物語』。

ミュージカル映画の大傑作です。楽曲が素晴らしく、あなた方がどこかで聴いたことのある曲が、きっといくつもあるはずです。

町なかで縦横無尽に踊るダンスは、振り付けが斬新で、動きもキレッキレです。

いまの若い子たちが、チームを組んで踊るのが流行していますが、チームによるダンスの美しさと躍動感の原点は、この映画にあると言っていいでしょう。

シェイクスピアの古典作品がストーリーの下敷きであり、差別や憎しみは何も生み出さない、というテーマがバックボーンになっています。

高校一年で観た『ロッキー』。

ボクシングを題材にした名作です。タイトルだけでも聞いたことがある人は多いでしょうし、テーマ曲を聴いたことのない人は、まずいないと思います。

人生に一度失敗した青年が、もう一度再起をかけて、恋人と仲間の支えを得て、人生を取り戻してゆくという、挫折からのリカバリーが裏のテーマになっています。

また愛というものが、いかに人を美しくしていくか、成長させてゆくかが、登場人物の外見や行動の変化によって表現されており…ボクシングシーンの迫力や、テーマ曲にのせての練習風景など、映像の力を存分に感じさせてくれます。


どの作品でもいいので、一度、観てみてください。

# Q 16

## うわさ話や悪口と
## どう向き合えばいいですか？

人のうわさや悪口が
気になって
仕方なくて

そういう話って
反応が難しいよね
どう向き合うのがいいのかな

## A16

うわさ話の対象より
話している
人間のことを
よく見ること

他人のうわさ話や悪口は、誰もが気になるものです。気になるのを無理に気にしないようにすると、かえって気になることがあるので、べつに無理せず、耳にしたときは、話半分で聞いておく、ということをお勧めします。

他人のうわさ話や悪口に含まれている評価は、自分が直接見聞きしているわけではないし、ときには話している人物も、又聞きだったりします。ですから、そういう話もあるんだなぁ、そんなふうに見る人もいるんだなぁ、といった程度で受け流す。本当のところは、自分が直接見聞きしたことだけを信じるのがいいです。

避けたほうがいいのは、その話を、あなたがまた誰かに面白おかしく伝えることです。聞くだけにとどめておきましょう。


むしろ、うわさ話の対象の人物より、それを話している人間のことを、ちゃんと見てください。この人は、ほかの人のことを、どんなふうに見て、どういった感じに評価し、話す人間なのか。それによって、信用しうる人間か、気はいいけど、未熟な人物なのか、あなたの本音を打ち明けていいかどうか……よく見定めてください。

胸に刻んでほしいのは、つねに、あなた方一人一人が主体です。

あなたは、それぞれ、人に評価されたり、評価されなかったりする対象である前に、まずあなたが、評価するか、評価しないかを、決められる存在なのです。

人の話を熱心に聞くのも、スルーするのも、あなたが決めていい。

あなたが決めたことで、孤独になったとしても、あなたが自分を通したことなら、仕方ない、と毅然と受け止めればいい。そういう人間は、周囲からきっと、「あいつは、自分を持ってる」とリスペクトされます。

そして、数は少なくても、信用できる人物が自然と集まり、友だちになります。

# Q17

# コミュ力がなくてもいいですか？

コミュ力がなくて
苦手な人とは
集団ではOKでも二人だと無理

相手の良いところを
見つけようとするけど……
つきあい方ってムズカシイ

# A17

社会は
コミュニケーション能力を
評価し過ぎる

そもそもコミュ力を
誤解している

苦手な人でも、相手の良いところを見つけようとするなんて、素敵です。ふだんから、あなたの言葉に救われる人も多いでしょう。

ただ、すべての人にそうした態度が取れない場合があっても、気に病んだり、罪悪感を抱いたりする必要はありません。人間ですから、出会いのタイミングや、その日の心身のコンディションも関わります。

人づきあいの基本は、なるようになる、です。あと、気にし過ぎない、も大事です。自分が気にしているほど、相手は気にしていなかった、そもそも覚えてもいなかった、というのは、人づきあいでのアルアルです。

苦手な人と会話が弾まないというのも、しごく当たり前です。弾むほうが、怖いくらいです。

そもそも集団の中では話せている、というのなら、何も問題はないと思います。

これは、ここ最近の傾向なんですが、若い人たちは、コミュニケーション能力に対して、評価し過ぎだし、コミュ力を採用の基準にしている企業も含めて、社会がコミュニケーション能力というものを誤解しています。

苦手な人を含めて誰とでも仲良くできる能力が、コミュ力ではありません。

コミュニケーション能力とは、もともと相手から伝えられる知識や感情を含めた情報を、ちゃんと受け取り、それに適応する答えを返すという、それだけのことで、仲良く、は関係ありません。


そして、この能力は、大きく二つのタイプに分けられます。

Aタイプは、いわゆる人見知りで、誰とでも仲良くする、というのはハードルが高い一方、一対一や少人数での交際を好み、長く深く相手と付き合えるタイプ。

Bタイプは、大勢の人との交際が得意で、環境が変わってもすぐに多くの友人ができる一方、一対一や少人数の交際を、深く長く続けることは苦手。

そしてこのタイプ分けは、遺伝子ですでに五〇％以上固定されている、との研究が出ています。

ちょっと気が楽になりませんか。誰とでも仲良く話せないのは、あなたの責任ではない。遺伝子で、少人数の人と深く長い付き合いのできる人になっている。

ただ先天的にタイプが分かれるのに、一部の企業はBタイプを求めようとするし、社会もなぜかBタイプがコミュ力の高い人と誤解しています。

現実の仕事というのは、むしろAタイプの人が多くないと、回りません。いろんな分野にいるAタイプの人を、Bタイプの人が、交渉してつなぐことで、大きなまとまりのある仕事になるわけです。Bタイプの人ばかりだったら、計画ばかり先行して、地道な作業の積み重ねである現実の仕事が立ち上がってこないでしょう。

自分に合ったつきあいをしていけばいいと思います。

そして、Aタイプの人は、友だちや家庭を大事にできるタイプです。少しずつ多くの人とも話せるようにトレーニングしてみる気になれば、仕事の幅も広がるでしょう。

Bタイプの人は、一対一の付き合いを深められるように努力すれば、仕事も家庭も幸せになるのではないでしょうか。

# Q 18

## 政治や社会に無関心はよくないことですか？

政治や社会への無関心は
若者（うちら）だけじゃなく
大人もだよね

じき有権者だけど
どんなふうに
政治や社会のことを考えればいいの？

# A18

政治や社会に関心を持つと
自分や家族や友人の
命と生活を守れる
確率が高くなる

とてもいい質問ですね。同時に、胸に突き刺さる質問です。

わたし自身、つねにこのことを考えていると言っても、言い過ぎではありません。

小説を通して、読者の心に、自分たちの生活のあり方に直結する社会的な問題や、世界情勢や、政治に関心を持てる、そんな心をはぐくむ種をまくことはできないだろうかと思い、執筆しています。

社会問題や世界情勢や政治に関心を持つと、あなたや家族や友人の、健康や自由や財産など、命と生活を守れる確率が高くなります。

たとえば、気候変動のことは、皆さんにとっても、将来にわたる生活と命に関わる大事な問題だと、最近の猛暑や水害などを通して、もう十分に気づいているでしょう。

実はずいぶん昔から、地球温暖化について注意する人がいました。にもかかわらず、政治家や経済界の有力者たちがさまざまな言い訳をして、有効な手を打たないまま来てしまったことで、後戻りが難しいところまで、悪化してきてしまったのです。

あなたたちが、じゃあどうしたら、気候変動による災害を少しでも抑えられるのかと、ネットで調べてみたら――世界の若者たちは、もうそれについての運動を始めていることがわかると思います。

自分たちの生活環境を、変化させる道が一つ。

CO2を減らしていくための取り組みを、選挙などを通じて、政治に働きかけていく道が一つ。

また、環境を守る運動をしている企業を応援する、という道もあるでしょう。


では、外国産の食品の一部には、発癌（がん）性物質が入っており、ヨーロッパでは規制されているのに、日本にはそのまま輸入されている、という事実は、どのくらいの人が知っているでしょうか。

知らないまま何も対処しないでいると、ある日いきなり自分や大切な家族が病気になってしまうかもしれません。

これもネットで調べれば、すぐに情報が得られるはずです。

日本は少子高齢化が急速に進んでいるので、いまの政策のままだと、皆さんが大人になったとき、健康保険料など社会保障費はいまより高額になっていて、消費税はじめ多くの税金が上がることになるはずです。

そこに関心があれば、投票という行動で、歯止めをかけられる可能性があります。無関心のままでいるか…いまの状況を、具体的に改善する政策を発表している政治家や政党を選ぶか…選挙権を持てば、あなたにもできることです。

また、将来の危機を察知していれば、貯蓄をするなど、リスクに備えることもできるでしょう。

選択的夫婦別姓という法律を制定するかどうかという問題が、このところ社会的かつ政治的な話題になっています。

結婚した時、いま女性は、夫の名字に変わるケースが多い。でも、長年使ってきた名字が使えなくなる。届け出や免許・資格など、多くの面で変更する必要があり、もし一人っ子ならば、先祖伝来の名字が絶えてしまいます。

だから、夫の姓に変わりたい人は、これまで通りで変わればいいし、結婚しても以前のままの姓を使いたいという人は、それを許可する、というものです。

これは、いまからのあなた方の人生の問題です。この問題に賛成か反対かを表明している政治家や政党に投票すれば、きっと何かが起きます。


若い頃に好きだった映画で、『ポセイドン・アドベンチャー』という、転覆した大型客船から脱出する作品を挙げました。

脱出を決意した時、主人公たち少人数のグループは、焦る心を抑えて、自分たちでよく考え……船はひっくり返っているので、船底に向かって進むことが、生存につながると合理的な答えを出し、大変だけれど、あえて船底に向かって上っていきます。

一方で、パニックになるあまり、考えることを停止した大勢のグループは、やはり出口は上のデッキのほうだろうと盲目的に信じ、船の上部に向かって下っていきます。

自分で考えることの大切さを思う時、わたしはよくこの映画を思い出します。

どの方向に進むのか、まず迷ってください。迷うことは、とても大切です。

一般的に人々は、迷うことを、否定的にとらえがちですが、逆です。

「迷っている、ということは、いい状態にあるということだ」と評価してください。

迷わずに、大勢についていくことは、避けてください。大勢が進んでいく先が、良いことにつながっている場合もあります。でも、そうでない場合もある。

迷えば、情報を知りたくなります。情報を得る、ということが重要なのです。

その情報をもとに、合理的に考えて、何をすべきか、何をすべきでないか。誰を選ぶのか、どのグループを推すのか。どんな道を選ぶのか、自分で決めてください。

無関心、というのは、単純に知らないからです。

知らないのは、迷わないからです。

先に皆さんに送ったメッセージで、選挙における投票の意味について書きましたが、それを読んだ当時の三年生が、「メッセージを読む前は、投票しても何も変わらないから、しないと思っていたけど、絶対投票に行きます」と、感想を寄せてくれました。

この先は、じゃあ誰に、どこに投票しようか、と迷うはずです。そして、候補者や政策のことを知ろうとするはずです。

ある集団のたった三％が運動を始めれば、どんどん変化の輪は広がり、ついに一つの国の在り方が完全に変わるような波になる、という研究発表がつい先日ありました。

環境問題だけでなく、経済のこと、ジェンダーのこと、いじめや虐待のこと、未来の日本や世界のこと、就職や恋愛や結婚のこと……いろいろな不安があると思います。

そのとき皆さんは、友だちや仲間に、「どうしたらいいのか、面倒くさがらず、迷ってみようよ、迷うのはいいことなんだよ」と勧めてください。

そして、「一緒に情報を集めようよ、集めてから、考えて、決めようよ」という誘いを続けてみてください。

きっと大きな波になっていくと信じています。

# Q19

## 体罰はどうしてなくならない？

ぼくらの周りで
体罰の話題が
増えてる気がする

体罰について
どう思ってますか？

# A 19

体罰は
絶対に許せない

大人失格の行為だ
と断言します

大問題ですね。わたしは絶対に体罰は許せない。

中学三年のときの担任が、頻繁(ひんぱん)に体罰を加える人でした。口で言えば済むのに、という時も、もみあげの辺りの毛が短くて一番痛いところつかんで、ぐーっと引っ張ったり、ビンタが飛んできたりしました。

ほぼ五十年前のことですけど、いまだにわたしはあの人を許していません。もう亡くなっているかもしれませんけど、許す気にはなれない。

いま体罰している教師の方、部活指導者の方が、もしいるなら、絶対に生徒、部員はあなたを許さない……卒業後も、成人後も、あなたがとうに忘れたあとも、ずっと許すことはない、ということを確信を持ってお伝えします。

どれだけ立派な教師、指導者だと、周囲から表彰されることがあったとしても、体罰の一点で、汚れたものに変わります。もし心当たりのある人がいらっしゃるなら、深い謝罪を生徒、部員たちの前でおこない、二度としないと誓われることです。

叩(たた)く人、というのは、当人が子ども時代に親から叩かれた人がほとんどです。

叩かれて育った人が、自分の子どもや生徒を叩くとは限りません。されていやだったから、自分は絶対に子どもに手を上げない、と決意した人は大勢います。

ただし、親に叩かれたことがないのに、自分の子どもや生徒を叩くようになる人は、まず稀(まれ)です。叩かれて育ったことを、大人になって繰り返すパターンがほとんどです。

そして体罰容認派も、たいてい叩かれて育ち、おかげで自分はまっとうになったと信じている人です。

叩かれたことがないのに、まっとうに育った人はもちろん大勢います。でも、体罰容認派は、この叩かれずにまっとうに育った大勢の人のことは、無視します。

なぜなら叩かれなくても、まっとうに育つのだ、ということを認めると、自分の親を否定することになるからです。

これは無意識の心の働きです。ですから、なかなか容認派が減らない。

もう一点、これも難しい問題ですが……親に暴力を受けて育ち、非行に走った生徒は、体罰などの暴力で管理しようとする教師のことは、親とダブって怖いから、言うことを聞きます。

けれど、言葉だけで言い聞かせようとすると、暴力で従わせてきた親とダブらないので、怖くない。ばかにして反抗し、教室が荒れる場合が出てくる。

これは現実としてあることです。

だからといって、体罰で従わせるのは、その子が幼い頃から受けてきたつらい想いを、再体験させることになりかねません。それは教育とは言えないでしょう。

児童福祉や医療や社会保障を含めて、公的機関の介入が必要な家庭の問題と、教育現場の問題を混在させてしまっている、悪しき考え方です。

行政が、心理学者や警察を交えたプロジェクトチームを作り、解決に乗り出す必要のある話で、現場の先生に任せる話ではないのです。

ともかく体罰は、最悪です。教育者失格、いえ、大人失格の行為だと、断言します。

# Q 20

## ＡＩ時代に人間はどうなっていくのでしょう?

ＡＩの参入で
人の温かさを感じられない
世界になるかも

人間の仕事を
すべて奪われて
幸せの意味も変わるのかな?

# A20

人間だけができることは
人のために損をすること

つまり
愛すること

AIが人間の仕事を奪ってしまう心配を、ときおり目にしますが、AIの用い方に対する誤解があるからだろうと思います。

わたしは、AIが、労働の末端ではなく、社会の中枢、ことに政治や企業の意思決定の現場にこそ、どんどん入っていくべきだと考えています。

なぜなら、世界でずっと起きてきた危機的状況。戦争や紛争、核開発、差別的政策や暴力による弾圧、環境汚染や気候変動の問題、などなど……。

これらはみな、政治家(ときに軍人)という人間の、データや科学的エビデンスを考慮しない、自分や取り巻きや経済界の欲望・利益を優先したり…怒りや嫉妬や恐怖などの、感情のままに判断したりした…本来は避けられた悲劇です。

先日終了したアフガニスタンの戦争も、また新たに生じたウクライナでの戦争も、人間の感情や欲望による判断で始まったものです。結果として、多くのインフラ施設や住居や食糧や環境やお金……何よりかけがえのない大勢の人命が失われています。

AIに本来期待すべきなのは、科学的データと証拠に基づいて、想定される状況とリスク、かつ長期スパンの経済効果も考慮して、最も適している解答を導き出す点でしょう。

そこに人間の短絡的な感情や欲望、取り巻きたちのマネーや地位への執着、経済界のひいきを求める要求などは、入ってくる余地がありません。

わたしたちは、ミスすることの多い人間に、本来任せるべきではない、大勢の命に係わる判断を、ほかに方法がなかったために（ＡＩがまだなかった、あるいは開発途中だったために）仕方がなかったとはいえ、任せてきてしまったと思います。

福島第一原子力発電所の爆発も、事前に入手できていたデータを、すべてＡＩに入力して、判断させていれば、きっと津波に対応できる高さの防波堤を作っておくことができて、いまにいたる問題はすべて起きていなかったでしょう。

では、人間は何をすべきなのか。何ができるのか。

人を愛することです。

パートナーを、子どもを、親や祖父母を、あるいは孫を、友人や仲間たちを、ときに困っている隣人を、直接は知らないけれど苦難にあえいでいる人を、愛することです。

愛するというのは、あえてわかりやすい言葉に言い換えると、自分がその人のために損をすることをいとわない、ということです。

その人のためなら、自分の大切な時間を削ることをいとわない。経済的に援助すること、ときには自分の血液や内臓の一部を提供すること、最終的には命を投げ出すことすらいとわない……それが愛です。

AIに、これはできません。人や社会が得をすることを考える機械だからです。損をすることなど考えたら、混乱するばかりでしょう。まして命を投げ出すことは不可能です。

これから皆さんは、より多くの人を愛するようになるでしょう。つまり人のために損をすることを覚えていくでしょう。

そこに人間の価値はあり、美しさはあり、幸せはあります。

# Q 21

## 生徒と先生って
## どうあるべき？

苦手な先生って
どんな人でしたか

好きな先生は
どんな人でしたか

# A21

大人たちに対して
若い人たちが
見ているのは
その人の人間性

苦手な先生ですが……中学では、先ほどお答えした、頻繁に体罰をする教師のことを、苦手というより、軽蔑していました。

高校では体罰は受けていません。ただ、テストの点数が悪かっただけで「お前は人間じゃないよ」と言われたのには、戸惑ったというか、困りました。

ガンバレと、はっぱをかけようとしたつもりかもしれませんが、しょせんテストの点数ですから。どこまで言葉に責任を持って言われていたのか、いまもって疑問です。

ほかにも、教師にとっては、なにげない言葉のつもりでも、人格否定につながる無頓着な言葉を、ときどき投げかけられました。

その言葉を、いま自分が言われても平気か、傷つかないか、という点を、いま教職にある人たちだけでなく、大人たちには意識してほしいと思います。

同時にそれは、皆さん同士の間でも、気をつけてほしいことです。

言葉は、使い方がとても大切だし、難しい。

「なぜ勉強をしなければいけないのか」という質問を、昔からよく見かけます。

いろいろな答えがあるでしょうが、「時と場所と、相手に応じた、言葉の使い方を覚えるために」という答えもあるだろうと思っています。

高校三年の時の担任の先生は、いまも心に残るいい人です。

私立文系クラスだったので、ちょっと悪い奴も複数いました。なかの何人かが、夏休み中に警察沙汰を起こしたことで、担任の先生は、警察に呼ばれるなど、事後処理に駆けずり回ったようでした。

新学期が明けて、クラスの者は皆、仲間同士の話で、大体の事情を知っていたけれど、担任の先生は、それについては一切何も言いませんでした。大変だったんだぞ、などと愚痴めいたことも口にせず、問題を起こした生徒たちにも、これまで通りに接していました。

おー、大人だなぁ、と感心しました。ようやく学校という施設の中で、大人としての振舞いができる人に出会ったと思いました。

十七、八歳になれば、人を見る目は育ってきます。

教師に限らず、出会う大人たちに対して、若い人たちが見ているのは、その人の人間性だと思います。
　そしてそれは、大人になった時、皆さんにも返ってくることです。

# Q 22

## よりよい恋愛や結婚相手の条件ってありますか？

いい恋愛、いい結婚をしたいけど、
うまくいくための条件って
あるかな？

長つづきする相手は
どう
選べばいいんだろう？

## A22

料理ができる
相手より
料理の片付けを
してくれる人を

お答えする前に、文化的な溝について述べておきます。

結婚および恋愛に関しては、ジェンダーや多様性の問題が、社会的な溝として存在しています。溝を埋めるための理解は、確実に進んでいますが、社会の一般的な通念が変わっていくには、まだしばらく時間がかかるでしょう。

結婚は、同性間でも認められるべきだと、わたしは考えています。

ですが、今回の皆さんの質問は、異性との恋愛・結婚についてでしょう。

また、男女の役割において、家事や子育ては主に妻＝女性が担う、というのはあやまりであることは、現代社会では常識になっています。

けれど、いまなお慣習的に女性が家事をすることのほうが多いし……誘い誘われるという関係性では、男性が女性を誘う、ドライブでは男性が運転する、という状況が、一般的な通念として、了解されているように思います。皆さんの多くも同じでしょう。

もちろん今後は、そうした常識や通念は変わっていくはずですが、そこまで踏み込んで語るのは、今回の皆さんの質問に対する答えとしては、適切ではないと考えました。

この点を理解していただいた上で、大人として誠実に答えます。

### (1) まず焦らないこと

キスやセックス、恋人の有無などの、経験の早さを誇ったり、遅さを引け目に感じたりする傾向は、昔からあります。ですが、あなた方の人間性とも、幸せの本質とも全く関係ありません。

人より早かったからこそ幸せになれた、という話も聞いたことがありません。若くして望まない妊娠をして、といったことで、逆の場合はたまに耳にします。

人はそれぞれ違い、先に挙げたコミュ力のタイプも遺伝子レベルで異なるので、早い遅いは意味がありません。

男女とも言えることですが、本当にこの人が好きかどうか、人生をともに歩く相手として間違いないか、わからないまま、つい焦って決断すると、傷つくことが多いです。

### (2) 罪悪感に付け込む相手に注意する

次に、ことに女性に、慎重になってほしい相手は、あなたの罪悪感に付け込むタイプです。

「えー、せっかくナニナニちゃんのために用意したのに」とか「うそー、絶対ナニナニさんは来てくれると思ってたけど」などと、あなたの責任ではないのに、デートしない、合コンに行かない、車に乗らない、など誘いに乗らないと、あなたが悪いかのように、罪悪感を刺激する言葉を口にする相手が、言い方に多少の違いはありますが、出てくるだろうと思います。

「ごめんなさい、無理なんです」と、完全にはねつけてください。

それで関係が切れても問題なしです。切れたほうがいい相手だと考えましょう。

お金も使わせちゃったみたいで悪いかな、などと、ためらいを見せようものなら、相手はとことん付け込み、誘いに乗るまで離しません。

キーワードは、〈きっぱり断る〉です。

そういう相手は、付き合いはじめた後、また結婚後も、何か問題が生じたとき、「えー、おまえがやると思ったのに」とか「こっちは忙しいんだから、おまえがやりゃいいじゃん」などと、あなたのせいにして、責任を逃れる可能性が高いです。

また、親しくなったあと、マウントをとってくる相手も、要注意です。

「おれのことを愛してないのか」「付き合ってんじゃないの？」といった言葉で、あなたが本当は嫌なこと、避けたいことを強いてくることがあったとしたら、それは愛ではありません。

あなたを従わせたいという、征服欲のあらわれです。

従ってしまうと、今後あなたを都合のいい相手と見て、平等な愛の関係を築けない可能性が高いです。

「好きだけど、嫌なものは嫌」と突っぱねること…また「そっちこそ愛してるなら、私の気持ちを尊重してよ」と怒って言い返すことが、平等な関係への前進となります。

それでも相手が理解してくれないなら、距離を置くことを考えたほうがいいだろうと思います。

## （3）避妊の義務と権利

中学生・高校生にこういうことを注意する人はいないし、でも、大学でだってそんな機会はない……なので注意されないままになってしまう、という問題について、あえて伝えます。

結婚前であれば、避妊は絶対にしてください。

これは男性は、する義務があり、女性は、それを要求する権利があります。

男性は、女性が妊娠への不安を抱いていることを優しく察してあげてください。

青年コミックなどで、避妊しないことが愛の証、のように表現されることがありますが、男性本位の無責任、かつ幼稚なファンタジーです。信じてはいけません。

女性は、避妊を求めることを恐れないでください。求めて、いやがったり、嫌う態度をとったりする相手だと、将来はないと思ったほうがいいです。

わたしは、児童虐待やDVを取材してきた経緯から、望まない妊娠が（中絶を含めて）、以後その人たちの人生をつらいものにするケースを多く見聞きしました。

恥ずかしがって避ける問題ではなく、きちんと誠実に向き合うべき問題です。

## （4）正当に「怒る」人はリスペクトされる

女性は（男性もですが、とくに、という意味で）、失礼なことを言われたり、されたりした時は、正当な権利として「怒る」ということを心がけてください。

このことは、またあとで述べますが、日本人は怒ることが苦手です。ことに女性は、文化的なしつけや教育で、怒ることに、ある種の罪悪感さえ抱いています。

男性は（女性もですが、とくに、という意味で）、女性のそうした「怒る」ことをしない点に、甘えたり、付け込んだりします。

恋人や結婚相手に、ちゃんと怒れることが、長続きする条件だと受け取ってもらって構いません。

なぜなら、大切な約束を破るなど失礼なことをしたり…金銭的に、あるいは性的に無茶な要求をしたり…浮気など裏切ったりしたのに…あなたが怒らなかったら、その相手はあなたを甘く見ます。無意識に、下に見ます。

結果、また失礼なこと、無茶な要求、裏切りを、くり返すでしょう。

この人は、失礼なことをしたり、無茶なことを求めたり、裏切ったりしたら、怒るんだ……とわかると、むしろリスペクトされます。

そんなことをしちゃいけない人なんだ、と、ちゃんと対等に見るようになります。覚えておいてください。

**(5) 作る人より、片付ける人**

この人と結婚していいかどうか迷ったら、一緒に料理を作ってみてください。

そのとき、相手が汚れた食器を洗ってくれるかどうかを見てください。作って食べるだけで、片付けをしない相手なら、将来きっと苦労します。油汚れのフライパンまで洗ってくれる人なら、離さないほうがいいです。

これは、出産直後や、共働きの子育てなど、夫婦が協力して子どもに向き合わなければいけない時期に、結果として出ます。

たとえば、あなたは産後でしんどい、赤ちゃんの夜泣きでつらい。そのとき進んで台所やトイレを綺麗(きれい)にしてくれる人か、「おまえの仕事だろ」と、あなたを絶望に突き落とす相手か……。

キーワードは、〈料理ができる相手より、料理の片付けをしてくれる人を〉です。

男性もこのことを聞き流さず、ちゃんと片付けができないと、のちのち捨てられますよ。

第三部

*

# プラス・メッセージ

宇宙のリズムを感じ
具体的な心の癒し方を知れば
さらに生き延びる力がアップします

犯罪被害を避け
誰もがもてる方法も
プラスしてお伝えします

高校生の皆さんからいただいた質問に対して、本来はもっと多くのスペースを割いて答えたほうが伝わるかもしれない、と思ったケースもありました。時間（枚数）の限りもあり、要点をしぼってお答えしました。

そして、『生き延びるためのヒント』について、質問に答える形だったので、犯罪被害を避け、さまざまなリスクに対処する方法など、Q＆Aでは伝えられなかったヒントもあります。

皆さんの現在、および将来の安心と幸福のために必要と思えることを、いくつかプラスして、お伝えします。

## 宇宙のリズムを感じよう

まず、人間が動植物と同じ生き物であることは、すでにお伝えしました。地球上の生き物は、すべて環境の影響を受けます。

目に見える天気の影響はもちろん、目には見えない、気圧の変化、月の引力、太陽を中心とした太陽系の惑星間で生じる宇宙のリズムなどです。

皆さんは、日々の暮らしで、いろいろなことが今日はうまく行くなぁ、という日がありませんか。

つまらない例だけれど、信号がすべて青だとか。友人や先生の求めているものを、タイミングよく提示できて、不思議に思ったり。仲間と妙に気が合って嬉しかったり。部活で次々シュートが決まって、乗ってると感じたり……。

そういうときは、あなたの体内リズムと、宇宙のリズムとが合っているときです。なので、そのリズムに乗っかり、どんどん事を進めるのがよいと思います。

逆に、いろんなことがうまく行かない、と感じる日があるでしょう。

信号はずっと赤。ちょうどよいタイミングで邪魔が入って苛立つ。意味もなく家族や友人と言い合いになる。部活でいままでやれていたことが決まらない……。

それはあなたの体内リズムと、宇宙のリズムが合っていないときです。

そういう日は、基本的に何をやってもうまく行きません。下手をすると事故に遭うか、怪我をする。なので、予定があっても中止して、休むのが一番です。

でも、そうできないときの、応急処置をお教えします。

いましていることを、いったん止める。歩いているなら立ち止まる。テスト中でも、あえてペンを置く。親や友だちと険悪ムードなら、口を閉ざして背中を向ける。試合中ならタイムを取る。

そして、落ち着いて深呼吸をする。いままで続いていたリズムを断ち切って、新たなリズムに変えることを意識しながら、深呼吸をくり返すのです。

そのあと再開したら、わりと変わってくると思います。まだ少しバッド・タイミングが続くようなら、もう一度止めて、深呼吸をくり返す……効果が出ると思います。

## 気持ちが盛り上がるリストを作ろう

挫折を感じたり、つらい目に遭って、落ち込んだりした時……つまり、心が傷ついた時、休むことや、自分に優しくしてあげることを話しました。

それにプラスして、具体的な心の傷の癒し方です。

自分の気持ちが良くなる、すっきりする、アップする、という事柄を五つから十、できるならそれ以上、ノートにリストアップしてください。

好きな曲でがんがん踊る。気に入りの音楽をイヤホンの爆音で聴く。アイドルの映像や写真集を繰り返し見る。お菓子を千円分爆食いする。カラオケルームで叫ぶ、楽器をめちゃくちゃ鳴らす。近くの山に登って下界を見て笑う。近くの川沿いを散歩する……そんなリストを作っておいて、つらい時や苦しい時、端からどんどん試してみるのです。

また、ポプリとか、香水とか、香りのいいお線香とか、自分の好きな香りを見つけておいて、落ち込んだ時、その香りをかぎながら五回以上深呼吸すると、きっと落ち着いてきます。

**リスクを避けよう**

とても重要なことなのに、犯罪被害のリスクを避ける（減らす）方法について、具体的に語られることが少ないと思っています。

学校や家庭で「気をつけて」と言われることはあるでしょうが、現実の場面でどう対応すればよいのか…被害に遭う前の、どんな行為が予防になるのか…肝心(かんじん)なことが伝えられていないと、実際には気をつけようがありません。

わたしは犯罪被害の取材もしています。この世界では、いかにまじめに暮らしていても、神様はいないのか、と思うような犯罪に巻き込まれることがあります。

ことにいま、性犯罪の被害が増えているように感じています。

どんな犯罪の被害にも遭ってほしくはないのですが、性犯罪は、被害を受けた際に、人に相談できなかったり…加害者が知っている人で、訴えにくかったり…自分自身を責めたりして…ほかの犯罪被害よりリカバリーが難しい面がある上、若い人が被害に遭いやすいので、とくに取り上げます。

この社会には少数ながら、本当に卑劣な人間が存在します。

また、本来ふつうの人であっても、悪い道具が手に入ると、使ってみようという欲望に負ける者がいます。

高校卒業後、進学する子が多いだろうと思います。もちろん就職する人もいるでしょう。

その際、新入生歓迎、あるいは新入社員歓迎のコンパや、合コンに誘われる場合もあるだろうと思います。その時、飲む物には必ず注意してください。

いま、飲む物に混ぜて、意識を失わせる薬剤が、ネットで簡単に手に入ります。

そうした会には、必ず複数で参加してください。そして少数に分かれる二次会、三次会は、辞退して、複数で帰ってきて下さい。

ちょっとした誘惑が、落とし穴です。二対二で飲むというのも危険です。

そうした時の誘い文句は、結婚相手の条件のところでも述べた、こんな相手には注意して、という場合と同様に、あなたに罪悪感を押し付ける物言いをすることが多いです。

「えー、せっかくここまで来てるのに」とか「信用ないなー」とか「気分、盛り下げないでよ」とか。

本来は何も悪くないこっちが悪いみたいな言い方をして、あなた方を追い込もうとします。そんな類いの言葉を耳にしたら、あ、これ天童荒太が注意していたやつだと思い出して、「親がいま実家から来ているので、すみません」とでもなんでも言って、絶対帰ってください。そういうときの嘘(うそ)は、緊急避難として、許されるものです。

あと、トイレや電話などで中座したあとの飲み物は、必ず新しく注文した物を飲むようにしてください。

テーブルに置いたままにした飲み物を口に入れることは、厳禁です。

相手に気まずい思いをさせるのがいやなら、「もう飲めないです、気持ち悪くなりそう」とか「そろそろ別の物を飲みたいです」などと言って、かわしてください。

もちろん飲み過ぎにも注意してください。

ことにカクテルは、アルコール度数が高いと考えたほうがよいです。甘い味が多いので、レイプドラッグも混ぜやすく、危険です。

甘いお酒を勧められたり、もう一杯だけ飲まない？　と優しく言われたりしたら、それこそアブナイと思う心が大切です。「もう十分いただきました」「これ以上はキャパオーバーなので」と断り、ぜひそのまま帰宅してください。

ちなみに、これらの話、女性だけの場合と思わず、男性も気をつけてください。

いま男性の性犯罪被害も増えています。男性はレイプなどの性的被害に遭わないと誤解している人が一般には多いのですが、実際の被害者はかなりの数字にのぼると言われています。男同士だから大丈夫なんて、絶対に思わないでください。

## 権限をちらつかせる人に気をつけよう

就職活動の時に、人事担当者からセクハラ被害を受ける事件が増えています。

担当者やOBが、食事でもしながら、などと誘ってくるケースがあります。絶対誘いに乗ってはいけません。

相手が、自分に採用権限があるような話をしてきたら、その時点で嘘です。企業の採用は厳しく規定されているので、個人の裁量権はとても小さいのです。

どうしても、そうした人と会う必要があるなら、昼間、複数、ファミレスなどの開けた店、の三つは条件として外さないでください。

これは、タレントやモデルの仕事を紹介する、といった話の場合も同じです。テレビ局や出版社や芸能事務所にコネがあるので、幾らか紹介金を払えば…プロモーションビデオを作る費用を払えば…あるいは言うことを聞けば…紹介してあげる、という話をされたら――真っ赤なウソです。

わたしは、出版社はもちろん、映画界とも複数のテレビ局とも仕事をしたことがありますし、映画やドラマを通じて芸能事務所の人たちとも知り合いになりました。コンプライアンスの遵守(じゅんしゅ)が求められる現在、どんな世界も、コネで紹介されただけの人物を、起用することは、絶対にありません。もしも新人を発掘したかったら、オーディションで募集すれば、すごい数のダイヤモンドの原石が集まります。

どうしても俳優やタレントやモデルの夢を叶(かな)えたいなら、大手の会社のオーディションを受けてください。多くのスターたちが、何度も何度もオーディションに落ちる経験をして、結果をつかみ取っています。

加えて、オーディション合格後、出演のためのレッスン料など経費を求められたら、詐欺だと思ってください。ちゃんとした事務所が、スター候補に出演前の経費を求めることはありませんので。

とにかく、これは一般社会でも同じですが、権限のない人、実際には力のない人ほど、大口をたたき、自分ならなんとかできる、と言いがちです。そんな言葉を聞いたなら、危険信号ですから、必ず逃げてください。

## デートでも気をつけよう

普通のデートでも、性犯罪や暴力は増えています。

何度も何度も会って、絶対この人は間違いないと信用をおくまで、夜にお酒を飲むようなデートは避けてください。

昼間に会うこと、開けた場所で会うということを続けて、互いの関係を大事に育てていくことを勧めます。

そして車にはくれぐれも乗ってはいけません。

知らない人の車には乗らないで、と、小さい頃から言われますが、知っている人の車にも、一人では決して乗らないことが大切です。

ドライブデートも、絶対この人、と決めた後にしてください。知り合って間もない頃は、タブーです。

車に乗るということは、命を託すに等しいのです。知らない場所へ連れて行かれそうになっても、降りられない。「止めてください」「降ろしてください」という、お願いするということが、一部の犯罪的資質を持っている人間に、ゆがんだ優越感を与えてしまい、かえって危険になります。

もし、「送るよ」などと言われて、つい乗ってしまい、危うい目に遭いそうになったら（まだ遭ってなくても、そんな予感がしたら）、トイレを訴えてください。コンビニなどに車を止まらせて、そのまま店内にとどまり、店員に保護を求めるか、家族や友だちを呼ぶか、タクシーを呼んでもらうかして、逃げてください。

ちなみに、危うい予感がした時は、気のせいかもしれない、などと自分を疑ってはいけません。人間には、本能として、危機を察知する能力が備わっています。その本能を、信じてください。生き物としての勘に従ってください。

あとで勘違いだったとわかっても、笑い話で済みます。

加えて、タクシー代など、ちょっとした出費を損に思わないでください。本当につらいのは、かけがえのないものを失ったときですから。

## 社会が変わるには時間がかかる

性犯罪の被害は、深刻です。

この社会は一般的に、性犯罪の被害について、現実の傷の重さに比べて、軽く考えている面があります。まだまだ男社会であることが、影響しているからだと思います。

たった一度の傷なら、やり直せるだろう、くらいに社会は考えている節(ふし)があります。

現実には、たった一度の傷を、一生抱え込む人が少なくありません。

いろいろな仕事の夢を持っていたのに、幸せな結婚や家庭を夢見ていたのに、それが壊されてしまう。しかも、魂を殺されるような被害なのに、加害者に与えられる罰は、とても軽い。

被害者は、自分が悪かったんだろうか…自分が注意しなかったのがいけなかったんだろうか…傷で苦しむ自分のほうがおかしいんだろうか…などと、自分をいつまでも責めてしまう場合もあります。

けれど、どんなケースも、悪いのは加害者です。加害者だけが、悪いのです。

被害に遭った人は、少しも悪くない。

変わっていくべきは、加害者に甘い罰しか与えず、被害者の傷を軽視することによって、さらに加害者と被害者を生み続けている、この社会です。

変わってほしいのは、被害者の傷に寄り添えない、多くの人々の心です。

ですが、社会や多くの人々の心が変わっていくのには、まだ時間がかかるでしょう。

ですからいまは、不本意ですが、できるだけ被害に遭わないように、リスクを避けてくださいと、申すしかありません。

## 断ること　怒ること

社会に出ると、さまざまなリスクも増えます。今後は十八歳から成人とされ、間違った契約をしても、容易に取り消すことはできません。

あなた方を利用し、搾取しようとする相手からの、表面的に親切な勧誘も、きっと増えるはずです。

たぶん皆さんは、一度か二度はだまされると思います。親や教師も、きっと何度かいやな思いをしているはずです。だから皆さんにも「気をつけなさい」と言うのです。でも「気をつける」だけでは対処できません。

わたしたちは、幼い頃から、本当に必要な教育を受けられていません。そのことによって、本来は避けられたはずの犯罪被害や経済的な被害、そして精神的な被害を増やしていると思うことが多々あります。

本当に必要な教育とは、《断ること》と《怒ること》の習得です。

A22（170ページ）の中でも、少し伝えましたが、わたしたちは文化的に《断るこいいでも、これがなかなかできず、しないでもいい仕事を押し付けられたり、買わないでもいいものを買わされたり、犯罪に巻き込まれたりしています。

わたしたちが、幼い頃から教えられるのは、たとえば〈素直であること〉や〈人に親切であること〉や〈大人や先生の言うことを聞くこと（従うこと）〉です。

どれも間違ってはいないけれど、それらと一緒に、不安を感じた時には、「時間を置いて考えます」「人と相談してみます」と、すぐには決めずに、深呼吸して考え直したり、情報を家族や友人やネットに求めたりすることも…おかしいなと思ったり、嫌だなと感じたりしたら、はっきり「いいえ、いりません」「今回はあきらめます」「いやです」「無理です」と《断ること》も…生きていく上での知恵として、教わる必要があるのです。

さらに、不快なことを言われたり、されたりしたら、《怒ること》も教わるべきです。

しかもただ言葉で教わるのではなく、たとえば「いやだ」「だめです」「いらない」「やめろ」「さわらないで」「離せ」「失礼だろ」など、口に出して言う練習が必要です。

たとえば――「道に迷った、助けてほしい、車に乗って道を教えて」と頼まれた時、〈人に親切であること〉の教えに背(そむ)いても、「それはできません」と《断る》べきだし、「いまから一一〇番をして道を聞きましょうか」と、スマホを出しながら言ってもいい。もし強引に腕をとられたら、「やめろ」「さわるな」「離せ」と《怒る》べきです。

でなければ、身を守れない場合があるのに、そういうことの教えが、社会には欠けています。

知らない人の車に乗ってはだめ、では足りないのです。困っている人には親切にしよう、という美徳のススメが、せっかくの注意を消してしまうことがあるからです。

これまでに挙げた、恋愛におけるトラブルや、性犯罪のリスクの場合も同じですが、ちゃんと《断ること》《怒ること》ができると、かなりの危機を避けられ、安全を保てます。

そうした時、注意してほしいのは、「断ったら、相手に悪いんじゃないかな」とか、

「ここで怒ったら、相手が気を悪くしないかな」などと思う必要はまったくないということです。そうしたひるみは、相手に付け入る隙を与えます。

これはわたし個人の意見ではあるけれど――多くの事件取材から感じることは、犯罪者や、悪いことをしようとする人間は、基本的に臆病です。事件が発覚し、警察や周囲にバレることを恐れている。大声を出されたり、揉めたりすることを怖がっている。だから、断られたり、怒られたりするのをとてもいやがる。悪い奴らは、断らない人、怒らない相手を探している、と言っても、過言ではありません。

## 断る練習　怒る練習

ですから、小学校から、中学や高校からでも遅くないので、学校で《断ること》《怒ること》を教えてほしい、練習してほしいと思っています。

たとえば保健体育の授業で、避妊しない性行為の求めは、「いやだ」と《断ること》や、同意のないタッチには、「やめて」「さわるな」と《怒ること》も教えるべきです。

そうして自分のからだや心を守る、という練習こそが、本当の性教育には欠かせないと思います。

とはいえ、ないものねだりをしても、現在あるいは近い将来、被害に遭うリスクに間に合わないので、この本を読んだあなた方から、保護者に教師に、そして友人たちに伝えて、《断る》《怒る》の練習を一緒にしてもらえたら、と願っています。

ちなみに、「やめてください、離してください、さわらないでください」は、お願いのニュアンスが含まれるので、相手をつけあがらせる場合があります。

女性の場合でも、「やめろ」「離せ」「さわるな」を練習してほしいです。

とにかく一度声に出してみる、ということが、とても大切です。

言葉の感覚を、喉や舌に、耳に経験させる。とくに脳に、「そんなことを口にしてもいいんだ」と許可を与えるのです。

何度も声に出すうち、とっさの場面でも使える可能性が高まります。

教室で、家で、カラオケルームで、試しに練習してみてください。

大人でも多くは、《断る》《怒る》が苦手なので、一緒に、ゲーム感覚でもよいので、言葉にしてみてください。子どもたちと共に学んでください。

事情があって声を出すことが難しい人は、身体を使ってのシグナルを…手や足や身近な道具で音を立てて、《断る》《怒る》、また周りにヘルプを求めるシグナルを…発する練習（周りの人もそれをシグナルだと理解する練習）を試みてください。

そして、恥ずかしかったり、なんとなく怖かったりして、声に出す練習や、シグナルを発する練習ができなかったとしても、おりにふれて、次の言葉を心の中で唱えてみてください。


《断ること》は少しも悪くない。

《怒ること》は少しも悪くない。

だって、《断ること》も《怒ること》も、わたしが安全に、安心して、幸せを求めて生きてゆくための、大切な権利だから。

聞く人（読む人）によっては、世の中にはそんなに犯罪や悪い人があふれているのかと、ちょっと怖くなったかもしれませんが、多くの人は、優しく、まじめで、実直です。

あなた方がちょっとした用心を忘れず、相手のことをしっかり見つめて、気をつけてさえいれば、必ず、よきパートナーに巡り会いますし、素敵な人生を作っていけます。

## どんな人がもてるのか

最後に、「もてる」秘訣（ひけつ）をお教えします。誰もが、もてます。

皆さん、ふだんはアイドルやモデルのような、美男美女でスタイルがいい人を好きですよね。できたらそういう人が、彼氏、彼女だったら、と夢見ます。

実はそうした判断をしているのは、脳の前頭葉（ぜんとうよう）という、おでこの後ろにあたる、人間が進化するにしたがい大きくなった新しい脳です。ここでは思考や言語をつかさどり、美しさなども判定します。

でも、最終的に生涯のパートナーを選ぶ時には、古い脳も活動します。

古い脳は、新しい脳の後ろと下にあり、基本的に生命の維持と存続を担っています。

ざっくり言えば、原始人が古い脳、次第に言葉や道具を使うようになって、新しい脳が大きく育ち、現代人に近づくわけです。

ですから、古い脳は、種の存続という役目から、生涯のパートナー選びに関わっていると考えられます。

種の存続にとって、古い時代は、環境が荒れているし、病院などもない。だから一番にからだが頑健で、生命力が強そうな人が望まれます。

スポーツ選手がもてるのは、収入が良いからだけではないでしょう。

でも、誰もがスポーツ選手になれるわけではないし、また、プロになるほどの特別な能力が、種の存続に必要なわけでもありません。

大切なのは、からだと心が健康であることです。それは外から見ただけでは、なかなかわかりません。でも推測できるサインがあります。

これからの人生をともに歩いていくとき、山があり谷がある、そんなとき、このサインを見せている人なら、いつまでも一緒に、明るく、ともに生きてくれると信じられる……だから、このサインをつねに見せてくれる人を選びたくなる。つまり、もてます。

そのサインとは、「笑顔」です。

「笑顔」を絶やさない人は、きっともてます。

美男とか美女以上に、人間の脳の深い部分に、「いつも笑顔を見せてくれる人なら、きっと長く一緒にいられるだろうし、つらい時にも安心できる」と、本能的に訴えかけてくるからです。

テレビに出ている俳優さんやタレントさん、すごく美男でも美女でもないのに、人気がある人って、笑顔がとてもよくないですか。

笑顔であることは、体内にも良い影響を与えます。

免疫細胞が活性化して、健康を保ってくれるのです。

笑えないよ、というときも、指で口角（こうかく）を上げて、笑顔を作ってみてください。脳が、いま笑っている、と誤解して、免疫細胞を活性化させます。そのうち、本当に笑えてきます。

どうです。この方法なら、誰にでもできるでしょ。

今後どんな場所、どんな世界に踏み出しても、いつも笑っているあなたは、きっともてますよ。

# 【エピローグ】

若い人がいま、生きづらさを感じている、という話を、最近よく目にしたり耳にしたりします。

でも、生きづらさを感じることは、悪いことでしょうか。

学校教育をはじめ、社会全体の枠組みを作っているのは、政治であり、経済界であり、どちらも利益追求を一番の目的としている機構であり、組織です。

その中心にいる、いわゆる権力を持っている大人たちが、自分たちの都合がよいように変更してきた学校教育や社会全体の枠組みに対して、若い人たちが生きづらさを感じたり、窮屈さをおぼえたりするのは、ごく当たり前のことです。

それが通常の感覚であり、むしろ感じないほうがおかしいくらいだろうと、わたしは思っています。

一部の大人たちの都合がいいようにしつらえられてきた枠組みに、教育とはこういうものだから、社会とはこういう仕組みのものだから、と押しやったり、押し込められたり、押し戻されたりすることのほうが、よほど無理があると思います。

でも、わたしがそれに気づいたのは、社会的には大人とされる年をけっこう過ぎてからでした。

学校に通っていた頃は、内申および偏差値を主とする成績と、校則や狭い常識にのっとった品行という、二つの基準によって、まるで人間のランク付けまでされるような日々に、あえぐような息苦しさと、身もだえしそうなほどの窮屈さを感じていました。その道から外れることは、社会からドロップアウトしていくことでもあるかのような、無言の圧力と、恐怖も感じていて、ただ耐えるしかありませんでした。

生きづらさは、いま現在だけのことではなく、ずっと以前からあったのです。

突然学校に来なくなる生徒が、当時も複数いました。わたしもぎりぎりの想いでした。つらい日々をしのげたのは、わたしの場合、冒頭のメッセージやA３（61ページ）でも述べてきたとおり、一つは、ごく少数ですが、親友と呼べる仲間がいたからです。

つまらないバカを言い合ったり、恋バナで盛り上がったり、ギターを弾いて歌ったりして、大人からは「ムダ」と呼ばれるだろうけれど、当人たちにはとても充実した時間を過ごすことで、救われました。

もう一つは、好きなことがあったことです。

これも述べてきたように、小学校高学年から映画が好きになり、高校一年から映画の仕事に就く夢を抱いて、学校の外、大人の思惑（おもわく）の外に、自分の世界ができました。

本当の自分は学校の外にある、と思えたことで、日々のつらさ、息苦しいほどの窮屈さに耐えられました。

### 教育をめぐる構造的な問題

いまの教育システムの根幹は、明治時代初期の国家観および教育観に基づいています。国の隅々にいたるまで、子どもたちを皆、学校へ通わせ、スムーズな国家運営のための統一した思想や道徳倫理を伝える。国を良い方向へ導いていく有能な人材を発掘するため、より難しいテストに合格した者たちが入る大学を頂点としたピラミッドを構成して、互いを競わせる。そしてトップの学校を出たエリートに、次の国家のかじ取りを受け継がせていく……。

でも、このモデルは、すでに時代遅れとなっています。

経済優先の社会で、清く正しい倫理観は、政治家や富裕層などから先に崩れてしまっています。また、トップの学校を出た若者たちは、国家のかじ取りをしていく能力を存分に発揮できるような教育を受けていませんし、それをできるだけの裁量や権限も与えられていません。

そもそも、新しい時代にどう向き合っていくのか、どんな国、どんな社会にしていくのかという、五十年、百年単位の長期的展望はおろか、二十年、三十年の中期的展望に立った国の姿さえ、デザインすることが誰にもできていません。

政治家も、経済人も、自分が政治家であるうち、あるいは社長や役員などに就いているあいだの、ごく短期的な利益確保にしか視線が向いていないようです。

ですから、政治家が経済界の要請も受けて、大枠を決定している学校教育は……子どもたちが、大人の言動や方針を鵜呑みにせず、社会的にずっと常識とされていたことを疑い、どんな道を進めばよいのか自分の頭でよく考え、先人のしてきたことを乗り越えようとする方向へ導く……わけでは、決してなく……大人たちの言うことを素直に聞き、ずっと続いてきた社会や政治経済の常識を疑わず、先人の決めた方針に実直に従う人材を導き育てる……という基本方針を、ずっと採用しています。

結果として、学校を出た多くの若者たちは、教えられたり指示されたりしたことを素直に理解し、誠実に行動に移す面では、優れている。

一方で、みずから新しい道を切り開いたり、発明を生む冒険に踏み出したりすることは、教えられてもいないし、心理的な恐れもあって、とても難しい。

## 自分で考えることで躍進した時代

では、いまとは違う、みずから新しい道を切り開き、発明を生む冒険心に満ちた若者が育っていた時代はあったのか……と言えば、ありました。

太平洋戦争（第二次世界大戦）が終わってまもなく、戦前から戦時中にかけての教育が間違っていたこと…ことに先生たちが嘘をついていたこと…新聞やラジオでも嘘を報道していたこと…ほとんどの大人が、子どもたちに真実を語らない、いえ、語れなかったこと…などがバレたため、若い世代は、大人たちの言動を鵜呑みにして行動していたら再び大変なことになる、自分たちの頭でしっかり考えないとだめになる、と意識して、先人のしてきたことを乗り越えようと努めました。

結果として、多くのすぐれた人材が各分野で育ちました。経済はもちろん、学術・研究分野でも、文化・芸術面でも、世界に躍り出ていく人たちが続々と現れたのです。

グローバルな企業が次々生まれ、メイド・イン・ジャパンの発明品が海外でどんどん使われて、学術・研究や文化・芸術面でも世界的な賞をもらうなど、日本はビジネスでも、サイエンスやアートの面でも、あの悲惨な敗戦を乗り越えて、世界がうらやむほどの豊かな国になったと、海外の人々からリスペクトされるようになったのです。

なのに、もう四十年あまり前でしょうか、若者たちの力に追い落とされることに危機感をおぼえた、権力を持つ大人たちの指示によって——だろうと、小説家として想像するのですが——教育の方針は、自分の頭で考える余裕を失わせるための、現在の詰め込み型に変化し、結果として、イエスマンや指示待ちの若者を増やすことになりました。

そうした教育を受けた世代の第一号が（わたしよりやや上の世代です）、いま政治や経済界の中心になっており、どんどん国力が落ちてきているのが現状です。

つまり、本当に国力を上げて、ふたたび世界で輝ける存在になりたいのなら、若い世代をどのように育てるべきか、明らかです。

変化を求める勇気は、子どもたちではなく、いま政治や経済の中心にいる大人たちと、そんな大人たちを選挙で選ぶことのできる大人たちこそが、持つべきでしょう。

そしてもちろん、これから選挙権を持つ若い世代も。

## 「好き」を追いかけよう

今後は偏差値の高い学校を出たところで、安定雇用は約束されないでしょう。

これからの時代は、好きな道を懸命に追いかけたほうが、いい収入を得られる可能性が高い、と、わたしは思っています。

好きな道を進んでいくと、きっと自分の頭で考えなければいけない場面が出てきます。先人の方法を継承するだけでなく、それを発展させたり、乗り越えたりしないと、自分だけのオリジナルな成果は生み出せないからです。

いま、学校が合わない、窮屈だと感じている人は、少なからずいると思います。しゃかりき勉強して偏差値の高い学校へ行っても、本当に将来は約束されるかどうか不安だという人もいるでしょう。学力が低いから、この先いいことないんじゃないかと、投げやりな気持ちになっている人もいるかもしれない。

そうした人たちにとって、好きな道に向かうということは――「逃げてもいい」場所から、険しくても「逃げたくない」場所へと進んでいく喜びを――つまりは生きていることの幸いを、感じられる道へスタートを切ることになるはずです。

もちろん、周囲の大人たちは、本当にやっていけるのか、生活できるのかと、心配でしょう。何より本人も、怖いと思います。

わたしも、夢を追いかけることを、大人たちから危ぶまれていました。また、大学を卒業するとき、就職活動をやめて、アルバイトをしながら、表現者としての道を進む、と決めたときは、大学進学時とは比べ物にならないくらいの恐怖でした。

一生芽が出ないかもしれない、年をとってからも周囲に迷惑をかけて暮らすことしかできないかもしれない……その不安や恐怖が、ときには進む足を鈍らせていました。

いまは、そのことを後悔することがあります。

好きなら、もっともっと好きになって、もっともっと一心不乱に進めば、より早く、より深く、自分の世界を構築できたのではないかと思うからです。

いろいろな仕事を経験し、さまざまな分野の人たちと交流して、いま思うことは——好きなことを、若い頃に止めるのは、その子の安全地帯、活き活きと生きていける場所を奪うことになる。加えて、生活していける収入を得る芽も摘んでいる、と言っても過言ではないということです。

## 「好き」は友だちや知り合いが広がる

好きな世界、というのは、実は一つの職業だけで成立しているわけではありません。

アイドル、プロスポーツ選手、俳優、声優、アーチスト、芸人、タレント、モデル、ゲームクリエイター、ユーチューバー、アナウンサー、テレビなど映像業界、演劇業界、IT関連の仕事、起業家、そして作家も……。

誰もがなれるわけではない、と思われている職業は、どれもその一つの職業だけでは成立していません。

周囲で支える人や仕事がたくさん集まって、成立しているのです。

ですから、懸命にその夢を追いかけていくと、たとえ第一目標の夢が、運に恵まれずに叶(かな)わなかったとしても……関連の仕事で活かせる知識やスキルを得られていたり、仕事の現場に友人や知り合いのつながりが生まれていたりして、夢と結ばれた職業に就けることも、生活できるお金を得られる可能性も、高くなるのです。

そして、好きなことを追いかける過程で、一生の友だちやパートナーと出会うことが、よくあります。好きなものが同じ＝価値観が同じなので、出会いからして、気が合う、という可能性が高いからでしょう。

また、同じ趣味嗜好（しこう）でなくても、一つのことを追いかけている人の話は、面白い。どんなことも常識程度に知っているけれど、詳しく知っているものは別にない、という人より……一つのことを深く掘り下げている人の話のほうが、驚きや発見があって、勉強になるし、視野も広がる、というのは理解できるでしょ。

もちろん、好きなことばかり話していて、引かれる、ということもあるでしょう。けれどそれは、あなたに合わない場所&出会いだっただけのことです。

あなたの話を聞きたい、あなたの知識で学びたい、という人や場所は必ず存在します。

外国の友人がいたのでわかりますが……外国の人は、あなたが特によく見知っていること、あなたが特別力を入れている事柄に、すごく興味を持ちます。本を読めばわかること、ではなく、あなた自身の経験に基づく、特別な話を聞きたいのです。

そういう話なら、多少外国語が片言（かたこと）でも、ちゃんと聞こうとしてくれます。

あなただけの「好き」があるほうが、交流が広がるのです。

ですから周りの人たちも、「あなたには無理」「将来食べていけないよ」などと止めるより、「本当に好きなら、中途半端でなく、ほかの誰よりも好きと言えるくらい、とことんその道を追求しなさい」と、背中を押してあげてください。

まだ好きなものが見つかっていない人は、ちょっとでも興味があることに、とにかくトライしてみるといいです。行動に移すと、どんどん興味が湧いて、本当に好きになったり、別の好きなものが目の前に現れてきたりしますから。

あなたが「好き」を一生懸命追いかけているとき、生きづらさ、というものは、きっと消えているでしょう。

だって、生きていることが何より楽しくなるのですから。

# 謝辞

冒頭に述べたとおり、この本の元となっているのは、母校の創立百二十周年を記念してのメッセージと、高校生からの質問に、わたしが答えを返す形でおこなった記念講演です。母校、愛媛県立松山北高等学校の皆様とは、本当によいつながりが持てたと思っています。

なかでも、記念の講演にお声がけくださり、感染症蔓延によって延期せざる得なくなった際に、メッセージを、という提案をくださり、いろいろとご配意くださった前校長の長井俊朗氏。また、翌年に延期された講演に対して、コロナ禍でも実現の道を探ってくださった上、動画による講演が実現した後も、さまざまなお気遣いをいただいた上に、こうして本にすることにも賛同してくださった現校長の友澤義弘氏。そして、実現に至るまで、いろいろな連絡を密にとってくださり、生徒さんの質問や感想も送ってくださるなど、学校サイドとわたしとの懸け橋となってくださった同校教員の曽我部幸子氏。このお三方には、とりわけ厚く御礼申し上げます。

加えて、同校の教職員の皆様の、ご厚意とお心遣いにも感謝申し上げます。

そして何より、同校の生徒の皆さんに、精一杯の感謝を申し上げます。ありがとうございました。どんな話も言葉も、聞いてくれる人、受け止めてくれる人がいなければ、むなしいばかりです。けれど皆さんは、わたしのメッセージや質問への答えを、真摯に受け止めたうえ、すばらしい感想を返してくれました。どれほど励まされ、幸福を感じたことか。この本を作ろうと思ったのも、皆さんの感想があったからです。もっと多くの若い人たちに届けたい、読んでもらおうと、勇気を与えてもらえました。

皆さんの幸せを、感謝とともに、心の底から願っています。

母校と私とのつなぎ役となってくれた同級生の親友小坂泰起君にも感謝します。ぜひ本にして、多くの若い人に読んでもらうようにと、背中を押し続けてもくれました。

本にする企画を受けてくださった筑摩書房さん。『包帯クラブ　ルック・アット・ミー！』につづいて編集を担当してくださった吉澤麻衣子さんには、たくさんの有用なアドバイスをいただきました。あわせて深く感謝申し上げます。

そして素敵なイラストを各所に描いてくださったクラフト・エヴィング商會（しょうかい）さんにも御礼申し上げます。

どんなささやかな仕事も、一人でなせるものはなく、きっと誰かの力を借りているものです。そして今回ほど多くの人の力を借りていると感じた仕事はありません。

できれば、その力が、この本を通して、より多くの人の力づけとなることを願っています。

天童荒太

## ちくまプリマー新書

ちくまプリマー新書

064 民主主義という不思議な仕組み　佐々木毅
誰もがあたりまえだと思っている民主主義。それは、本当にいいものなのだろうか？　この制度の成立過程を振り返りながら、私たちと政治との関係について考える。

256 国家を考えてみよう　橋本治
国家は国民のものなのに、考えるのは難しい。日本の国の歴史をたどりつつ、考えることを難しくしている理由を探る。考え学び続けることの大切さを伝える。

257 学校が教えないほんとうの政治の話　斎藤美奈子
若者の投票率が低いのは「ひいき」がないから。「ひいきの政治チーム」を決めるにはどうしたらいいのか。あなたの「地元」を確かめるところから始める政治入門。

359 社会を知るためには　筒井淳也
なぜ先行きが見えないのか？　複雑に絡み合う社会を理解するのは難しいため、様々なリスクをうけいれざるを得ない。その社会の特徴に向き合うための最初の一冊。

316 なぜ人と人は支え合うのか――「障害」から考える　渡辺一史
障害者を考えることは健常者を考えることであり、同時に自分自身を考えること。なぜ人と人は支え合って生きるのかを「障害」を軸に解き明かす。

chikuma
primer
shinsho

ちくまプリマー新書416

君たちが生き延びるために　高校生との22の対話

二〇二二年十二月十日　初版第一刷発行

著者　天童荒太（てんどう・あらた）

装幀　クラフト・エヴィング商會

発行者　喜入冬子

発行所　株式会社筑摩書房
東京都台東区蔵前二－五－三　〒一一一－八七五五
電話番号　〇三－五六八七－二六〇一（代表）

印刷・製本　株式会社精興社

ISBN978-4-480-68443-1 C0295　Printed in Japan